이마냥 시집

출 동 다 이 뻐 맨

창조와지식

출동 다이뻐맨

초판 1쇄 발행 2024년 2월 2일

지은이_ 이마냥
펴낸이_ 김동명
펴낸곳_ 도서출판 창조와 지식
디자인_ (주)북모아
인쇄처_ (주)북모아

출판등록번호_ 제2018-000027호
주소_ 서울특별시 강북구 덕릉로 144
전화_ 1644-1814
팩스_ 02-2275-8577

ISBN 979-11-6003-696-1 (03810)

정가 13,000원

출 동 다 이 뻐 맨

이마냥 시집

여는 말

  아내가 말하길 어젯밤엔 잠꼬대로 계속 애들 이름을 부르면서 뭐라 뭐라 중얼거리더란다. 평소 꿈자리가 사나울 때면 수능 치는 꿈이나 군대 꿈을 꿔왔던 터라 비록 이 몸뚱아리는 노쇠할지언정 무의식의 세계는 언제나 스무 살 저 언저리쯤이구나 자부해왔던 터인데, 꿈속 세상도 나와 같이 나이 들어가고 있었구나, 꿈나라에서마저 육아의 고단함과 씨름하고 있구나 싶어 우습기도 하고 씁쓸하기도 했다.

  꼭 그렇지도 않다는 걸 이젠 안다. 그곳은 덮어쓰는 세상이 아닌, 차곡차곡 쌓여가는 세상이므로. 뿌듯하고 짜릿한 순간도, 몸서리칠 만큼 부끄러운 순간도, 열 살의 나도, 스무 살의 나도, 서른 살의 나도 여과 없이 나름의 색깔과 질감으로 기록되며 쌓이고 있다. 지금 이 순간에도 풍화되고 침식되고 퇴적되며 한 칸의 장대한 지층이 탄생하고 또 폐기되고 있다. 다만 그곳은 푸딩처럼 스무디처럼 말랑말랑한 곳이라 이따금씩 맨 밑에 쌓인 돌멩이조차 버럭하고 튀어나와 방심하는 엉덩이를 꼬집는다는 사실. 도무지 알 수 없는 심해와 같은 곳이라는 사실.

당시에는 버겁고 괴로운 마음뿐이었지만 돌이켜 보면 그 모든 순간이 지금의 나를 만들어줬고 그래서 그 시절을 외면하고 짓밟기보다는 보듬고 안아줘야겠다는 다짐을 한다. 그래야지 지금의 나를 더 사랑해 줄 수 있을 테니까. 모든 죽어가는 것을 사랑하겠다고 했던 시인만큼은 못 되더라도 내 주변을 지키며 나를 어여쁜 눈으로 보아 준 많은 사물들과 사람들에게 너희도 '다 이뻐'라고 말해주고 싶다. 당신이 있기에 이토록 아름다운 세상이라고. 나도 당신처럼 이쁜 사람이 되고 싶다고.

  이것은 내 지층의 단면도이자, 꼬집힌 자국들의 기록이다. 글을 제대로 배워본 적이 없는 터라 감히 내보이기가 부끄럽기도 하고 떨리는 마음만 가득하지만 서툰 점이 보이더라도 부디 이쁘게 봐 주었으면 좋겠다.

  사랑스러운 아내와 예쁜 두 딸 시안이 시율이를 비롯한 나의 가족들에게, 시를 쓰는 길이 더는 외롭지 않도록 함께 걸어가며 가르쳐주고 이끌어주신 시워, 평상시 단톡방 여러분들에게 감사의 말씀을 전한다.

2부 팔딱팔딱

3부 오메가 씨마스터

4부 밑줄

해설　동심과 시심 사이의 경계, 그 예리한 감각

(정 독)

1부

내게 온 세계

내게 온 세계

외할머니
처녀 적 사진
한가운데 짚으며
엄만
이 안에 있지요

그 안에 내가 있고
또 내 딸이 있고
꼭대기로부터
물줄기가 갈라지지요

씨앗 속
비 별 바람 꽃
여자의 몸은
한 권의 경전이다

꽃바라기

가냘픈 꽃 한 송이
어둔 나의 방으로 찾아왔다

이 순간을 위해 사 두었던
내내 구석에 뒹굴거리던 하얀 화분도
제 친구가 왔다며 모처럼 들썩인다

어디메쯤 햇님이 붙었나
일렁이는 먼지 한 톨도 눈이 부시다

하얀 천에 싸인
곱게 빚은 분홍빛 꽃망울
숨결 따라 맥 따라
아슬아슬 꿈틀거린다

찢어진 날개지만 이래봬도 나비
휘청거리며 날던 내가
오롯이 너를 맡게 된다는 건

흠뻑 등줄기를 적시는 일이다

그림자에 붙은 껌딱지라도
잎사귀 위로 코를 묻고서
흠뻑 너를 맡고 나면
씻은 듯이 녹아버렸지

네 안에 솟은 동그란 자국과 마주한다
이슬 같기도 꿀 같기도
살며시 귀를 갖다대면
구름 속에 숨은 별들의 노래에
나도 모르게 입을 맞추게 되는

낯선 공기에 두리번
이따금씩 오물거리다가도
반가운 품속이면 뜨겁게 요동치는
하얗게 맺힌 안간힘의 목소리, 그 단단한
손금의 역사를 들여다본다

어느새 내 다리 위엔
네가 가득 묻어있었다

괜찮아
초롱초롱 너는 묻고

총총 걸음마다 나는 너를 묻고
쭙쭙 나를 너에게 묻고
쫑쫑 너는 다시 나에게 묻고

이대로 온 방이 너로 무성해지고
콧구멍을 덮는 퍼런 줄기가 솟을지라도

좋아
너라서

나의 달항아리

달빛이 어룽거리면
별안간 청소가 시작된다

나는 아직 너를 잘 알지 못한다

너는 뽀얗고
동그랗고
주둥이가 있다

결코 무겁지 않지만
들 때 힘이 들어간다

이따금씩 달그락거린다
속이 비워져 있을 때
이내 쏟아부어야 할 때
마치 깨질 듯이, 지금처럼
청소를 해야 할 때는
더 그렇다

뭐가 끓고 있나, 빼꼼
열어볼라치면, 휘청
순식간에 밖을 휘적이다
너는 까만 천장이 된다

이쯤 손잡이가 있댔는데
머리 위로 이기도 하고
등 뒤로 받치기도 하고
이 손 저 손 옮겨보다가
잘 찾은 척 엉거주춤 다녔다

동그란 너의 배를
무던히도 문질렀었지
이 순간 내 소원은 단 하나

영창에 맺힌 은구슬 금구슬 따다
머리감는 수양버들처럼 냇물에 담궈놓고
샛별을 따라 하얀 쪽배 타고 은하수를 건너
깊은 산속 노루랑 토끼랑 숨바꼭질하다가
모락모락 저녁 연기가 피어날 때까지
냇물에 우러난 금빛 엑기스를
그 좁고 깊은 우물 속으로
또옥 똑 떨어뜨리는 일

어느새 주둥이 위로
봉긋 적막이 솟아올랐다
얼어붙은 달그림자
저 발끝이 천릿길인데

내려놓는다
내 려 놓 는 다
놓 는 다　　놓 는
다　놓　　　　　는

달그락

*

아직도 나는 너를 잘 알지 못하고
그래서 네가 참 궁금하다
너도 가끔 내가 궁금할까
마침내 너를 길어 올렸을 때
그 속에선 어떤 빛깔의 비늘이 출렁이고 있을까

묻는
나의 뺨 위로

어디선가 돋아난 조그만 손잡이 하나가
둥글게
둥글게 문지르고 있었다, 살며시
나를 잡아주고 있었다

자장자장

내게 온 세계

출동 다이뻐맨

당신이 오기 전엔 몰랐죠
얼마나 아찔한가요 이 세상

벽장 속 피카츄가 내내 콧구멍을 벌름거리고
방 앞을 지키고 선 악어는 호시탐탐 눈을 부라려요
서랍숲에는 줄지어 선 펠리칸들이 부리를 벌리고
모서리 괴물은 도처에 지뢰처럼 깔려있죠
그뿐인가요, 소파 옆 헬리콥터, 부엌엔 증기기관차
어 그건 코끼리코가 아니에요 잡아당기지 말아요

당신의 능력을 믿어요
두 손을 얼굴에 대는 순간 투명인간으로 변신
돌처럼 굳어있던 것들도 한 글자면 같이 뛰어놀지요
손 닿는 곳 어디든 꽃밭으로 만들 수 있고
발가락 끝은 낭떠러지, 이마가 부딪히면 암벽이 솟아올라요
당신의 미소는 세상 강력한 무장해제 주문
그 주문에 걸리고부터
눈앞엔 완전히 다른 풍경이 펼쳐졌어요

난 당신의 사이드킥

우글거리는 악의 무리에 맞서

당신의 손을 잡고

달려나갈 준비가 되어있어요

그러니까

이제 그만 우리

힘을 합쳐

고약한 세균맨을 무찌르러

함께

출동해볼까요?

탱탱볼의 하루

아무도 시킨 적 없건만
눈앞을 막은 계단을
너는 요란한 몸짓으로 오른다

열 달 좀쑤셨던 기분을 풀고 싶은가
종잡을 수 없이 튀는 궤적은
쫓아다니는 눈이 더 바쁘다

그래, 이 위치에너지는 분명 구름 위부터 시작된 게지
부딪혀도 굴하지 않고 되려 천장을 들쑤시던 탄성력
되돌아갈 때 더 반짝이는 목소리는
옹골찬 운동에너지로 변환되며 솟구친다

입맞추고 돌아서는 자리마다
몽글몽글 솜사탕이 피어난다
무수한 각과 테두리들이
주저없이 패였다가 무너지고

거미줄 그득한 나의 연못 가운데
떨어졌다 출렁 솟아난 느낌표 한 방울은
지지직 흑백의 자갈들이 소란을 피우던 그 시절
침몰해버렸던 무지개 과녁을 마침내 떠오르게 했다

두 팔 벌려 날아오던 너의 가벼움과
무성한 억새밭 통째로 밀려드는 나의 무거움이
동시에 어깨 위로 뜨끈한 침 자국을 남길 때

주먹 쥔 왼손은 볼따구 오른손은 허공으로
푸른 레이저 꼬리 빨간 망토를 휘날리며
구름으로 동해바다로 에베레스트로
한없이 튕겨져 다니는 꿈을 꾸곤 했지

저기, 목에 매듭 너무 꽉 쥔 것 같지 않아?
쌕쌕거리고 있지만 괜찮단다, 걱정 마렴
뭐지, 아까부터 뱅글뱅글 돌고 있잖아
흔들리니까 꽉 잡아, 알았지?

우당탕탕

바람 빠져 코고는 배 위로
둥실둥실 신나게 춤을 추는 너
오줌 마려운 듯 언제나 동동거리고 있지만

함께이기에 견딜 수 없을 만큼 따뜻하다고

너에게도
오늘이
그런 하루였으면

노래를 불러 줘, 포티

안녕, 내 이름은 포티
세 살 _ | /
화장실 마을에 살고 있지

욕조할아버지 건너편이 내 자리
원래는 소파동산이었어
냉장고절벽, 장난감바다, 책장아파트
안 가 본 곳이 없다 이 말씀

그러다가 여기까지 오게 됐어
첨엔 너무 깜깜하고 무서워서
입 꾹 닫고 울기만 했었지
딸깍 갑자기 온 마을이 환해졌고
나도 모르게 엄마아 소리 질렀어

 난 네 엄마가 아니야
그치만 저처럼 동그란 입이 있는 걸요
  한가득 물이 고여 있잖니

그럼 아줌마는 누구예요?

　의자, 벽, 거울, 맨홀, 기도

어려워요

　곧 알게 될 거야, 네 작은 친구랑 함께라면

율이를 아세요?

　알다마다, 제일 시끄럽잖니

율이는 제가 싫은 걸까요?

　아냐, 처음이라 두려운 게지

　자신과 마주하는 것

　잡고 때로 놓아주는 것

　이 모든 걸 혼자서 해내야만 한다는 것이

　하루에도 몇번씩 나를 덮어주는 온기가 가르쳐준단다

　들어온다는 건 곧 나갈 거라는 것

　모든 것이 다 한 칸의 정류장이라는 것

　스쳐가는 눈빛들, 손아귀 속 반짝이던 것들에도

　주린 날, 든든한 날, 부글거리던 날들에도

　새길 수 있어 감사한 건 잠깐의 따스한 기억뿐

　할 수 있는 건 그저

　떨어지는 잿더미와 연기 모조리 집어삼키며

　뜨거운 그대 여기서 잠시 쉬었다 가시라고

　눌러붙은 것들 시원하게 긁어버리고

　저 멀리 다가오는 버스 두 손 흔들며 맞으시라고

　괜찮아, 너는 너라서 너야

푸들거리던 맨살을 쩌억 입술로 안았다가
달칵 그대로 놓아주는 일

멋져요, 저도 아줌마처럼 되고 싶어요
넌 이미 나보다 멋진 일을 하고 있잖니
제가요?

딸깍, 문고리 휘청, 토끼 머리핀 뿅
너어어 드디어 놀러 와줬구나
일로 와, 내가 쪼옥 안아줄게
이도 딱딱 부딪혀가며 흔들었건만

바지째 털썩, 끙 끙 소리만 두어 번
동동거리며 일어나서는 애먼 코만 꾸욱
도 도 솔 솔 라 라 솔 촤르르르
이상하지, 속상한데 자꾸만 콧소리가 나와
그렇게 덩실덩실 한동안 춤추더니
빠빠아 뒤도 안돌아보고 나가버렸어

그래, 당장 시작하지 않아도 좋아
우리 앞에 펼쳐질 수많은 모험들
주춤하고 때로는 울먹거릴 그 뾰족한 다릿돌 앞에서
함께 손을 잡고 손가락을 꼽아 줄
한 마디의 시그널을 들려줄게

젖은 이마를 훔치는 등을 말없이 토닥여 줄
걸음에 맞는 손뼉을 쳐 줄게

이 세상 가장 고요하고도 단단한
단 둘만의 헹가래가 될게

가위바위뽀오

아빠랑 나랑
가위바위보

아빠는 가위
나는 보
콱 물었당
아파요 잉잉

아빠는 바위
나는 보
안아줘야지
아이고 숨막혀라

아빠는 가위
나는 바위
나 힘 세지
날아간다아

아빠는 보
나도 보
반가워 친구야
사랑해 뽀뽀

엄마랑 아빠랑 나랑
가위바위보

두손을 들고
하하호호
세모나게 웃으며

엄마는 가위 바위
아빠는 바위 보
나는 보 가위

볼을 부비고
빙빙 돌면서
언제까지나

가위 바위 보
뽀 뽀 뽀

스케치북 속에 햇님이 산다

깜깜한 거 시여 햇님 어디갔떠
쫑알거리던 눈망울은
어느새 구름속을 달리고 있다

축 육 퇴

들썩거리는 냉장고 아래는
뚝 뚝 노란 보리향으로 흥건하고
까딱 손목의 스냅으로 터진
거품의 파도가 방문을 부순다

보 뤼이밭 사 이낄로 거 뤄 가면 (딴따단)
책들이 훨훨 날아가고 레고가 웃고있는 모습을 (빰빰빰빠암)
엄마아빠 둘이서 물티슈 뜯고 놀아요 달처럼 밝은 얼굴로 (낡은?)

말씀드리는 순간 11시 방향 다용도실에서 건조기의 휘슬 소리
일개 중대의 빨랫더미가 이쪽으로 전진해오고, 어제 미뤄둔 것까지
거실 한복판엔 높은 산봉우리, 널고 개며 날마다 허물어보지만

돌아서면 또 솟아 있는, 괜스레 냉장고 문만 여닫는
등짝을 향한 찌리릿 송전탑까지, 이번엔 새로 올린 모양이다

놀이방에선 오늘도 파티가 열렸다, 아이고 집에서 주무셔야죠
뒤엉켜 바닥에 널브러진, 색종이와 토끼와 실로폰과 경찰차와
매일매일이 생일 기분인 오늘의 주인공이 부르는 노래
댄스타임의 잔상이 발에 채인다, 네, 어른팀 대 아이팀
2대2로 벌어진 손에 땀을 쥐는 색판 뒤집기 게임의 현장
몇대~ 몇

잠깐잠깐, 심판을 향한 긴급 타임 요청, 통통 허리를 두드리며
소파로 피신한 선수들은 휴대폰을 마시며 에너지 충전 중
한 모금 두 모금, 지금 쥐고 있는 페트병 속엔
낮에 찍은 소풍 사진이 고함량 함유되어, 키키키
과다복용 시 심장에 무리가 갈 수
우애앵

출동신호입니까 두 선수 모두 뛰쳐 나가는데요
이상합니다 제 귀에는 아무 것도 안들렸는데요
퇴근은 했어도 귓바퀴 한쪽은 회사에 두고 온 모양입니다
곧이어 앞선 선수가 숨죽이며 문고리를 돌린다
웨하스로 빚은 산잔한 꿈의 쟁반 속 몸 반쪽만 담그곤
도로 나오는군요, 만면에 머금은 멋쩍은 미소
네, 잠꼬대로 판정났습니다, 다행입니다

벌써 11시, 덩그러니 솟았던 산은 어느새
저마다의 서랍속으로 차곡차곡 흩어지고
책상 위엔 알록달록 끼적거리던 웃음소리만 남았다

콕콕 북치던 날들을 지나
죽죽 비가 내리고
윙윙 회오리가 몰아치다 마침내
활짝 피어난 탐스러운 동그라미
오늘은 그로부터 길쭉한 선 두어개가 힘차게 뻗어나왔다
쑥쑥 자라는 너처럼 너의 그림도 조금씩 자라고 있었구나

하루하루 자라는 키만큼
무수한 선들이 뻗어나오고 주위를 감싸고
어떤 어둠이 몰려와도 시들지 않을
깜찍한 빛이 종이 밑에서 꿈틀거린다

요렇게 팔꿈치를 모으면 쏙 들어왔었는데
눈을 맞추고 하품을 하고 깔깔거리고
뒤집고 또 뒤집고 밀고 기고 앉고 서고
걷고 달리다 폴짝 뛰어오르는
그 모든 반짝이는 기억의 조각들로
우리들의 스케치북은 채워지고 있다

언젠가
무릎께에서 올려다보던 그 눈길을
그리워하게 될 날이 오겠지
이대로 시간이 멈췄으면 싶다가도
이내 고개를 가로저으며
사계절 꽃들이 한데 어우러진
그 따갑고도 눈부신 세상 속으로
몸을 던진다

지구보다 더 큰 동그라미로
거기서 뻗어나온 기나긴 팔로
어김없이 커튼을 비집고 펼쳐질
너만을 위한 트램펄린

엄마가, 아빠 가

삐죽 잡은 머리 한 가닥 왼손
노란 빗 쥐고 브이자 오른손
한 올 한 올 풀리다 끝내 도망가버리는
덜덜덜 지금은 고무줄의 비행시간
버둥대는 뒤통수로 어김없이 뽑혀지던,

거품 쓱싹쓱싹까지는 어째 잘갔다 했지
하얀 수건 드는 순간 시작되는 술래잡기
커튼 뒤에서 뽕 미끄럼 타며 슝
철렁 찬 바람 속 길잃은 호통만 타들어가는데
도도도 뛰는 걸음걸음 방울마다 뚝뚝 떨어지던,

꿈나라 기차는 떠날 준비를 마쳤고
시동을 걸기 위해 필요한 건 단 하나 팔뚝
말랑말랑 감촉을 찾아 이리떼굴 저리떼굴
어쩌다 스친 까끌까끌 수염괴물에게 잡혀서는
휘젓는 팔다리마다 한 글자씩 던져지던,

너의
그 말에

썰물 따라 턱 위로 피어난 자갈밭
머리를 말리며 탈탈 귀를 두드리며
찌든 갈매기 소리 등지고 누웠다가도

모래시계 속이었구나 뱅글뱅글
조그만 그 눈동자를 향해
속절없이 다이빙하고 마는

파시식 모조리 부서져 떨어진대도
언제 다시 뒤집어질지 모를
기약없는 기다림이래도

몰캉몰캉 뽀얀 언덕을 걷어내고
합, 쪽, 부르르르
천장을 주무르는 그 소리만으로도

이내
뒤집어지고 마는

누가 농장에 살까요

반성 할머니댁은 시안이 맞춤 체험농장

문 열고 양말 벗자마자 반남은 생수병을 들춰본다. 목 마른가, 그건 할아버지 껀데. 빨대컵을 쥐여줘도 도리도리. 아하, 저번 주에 페트병에 잡아두었던 개구리 말이구나. 고걸 기억하다니. 풀죽은 엉덩이 떼굴거릴라 얼른 할아버지가 뒷마당에서 두 마리를 잡아오신다. 점심 장보러 가던 길에 이 무슨 봉변인가, 황망한 눈알들이 투명한 바닥을 훑고 있다. 폴짝폴짝 뛰어다니는 개구리를 따라 시안이도 꺄울댄다. 개구리도 아가를 알아보는 건지 아빠 손에는 잡히던 놈이 시안이가 팔만 뻗으면 도망가버린다.

할머니가 시안이 전용 바께스를 구해다가 어깨에 걸어주신다. 직접 따서 담아 다니란다. 대추, 오이, 깻잎, 가지, 고추. 고추밭에 고추는 뾰족한 고추, 빨강 고추 초록 고추 노래를 부르며 똥실똥실 배에다 찌른다, 쿡쿡.

수탉과의 재회. 이젠 거의 강아지 쓰다듬듯 만져대네. 땅바닥에 내렸더니 저도 신이 나서 닭을 향해 돌진. 겁먹은 건 아빠뿐이다.

할아버지가 이건 이거, 저건 저거 텃밭 곳곳을 짚어주신다. 아빠 눈에는 아직 모든 것들이 그저 초록색일 뿐인데. 쪼그만 눈동자 속엔 수많은 이름들, 이야기들이 각자 빛깔을 뽐내며 알록달록 빛나고 있겠지. 좀 있으면 시안이가 아빠 가르쳐주겠네.

누가 농장에 살까요*

꼬꼬댁 닭이 살아요
개굴개굴 개구리가 살아요
뾰족뾰족 고추가 살아요

귀여운 시안이가 살아요

---

* 프뢰벨 말하기 〈음메음메〉

결혼기념일

둘만의 노래를 실어 보내려
종이컵 밑 연필로 뽕 뽕
고운 실로 이어 붙였다

무심코 쏟은 콧김 하나에도 자지러지던 날들
구석을 쏘다니며 서로의 어둠을 어루만지던
더러는 안개로 더러는 파도로
무참히 허물어지던 아우성도
귀와 입에 새겨진 그 동그라미 앞에선
달그락 커피 속 얼음 한 조각이었다

작약 따다 물망초 따다
억새풀 끝으로 찍어바르고
웅장한 전주 번쩍이는 조명 너머
윤슬 그득한 바다 데우는 햇살 찰칵
동그랗게 떠오른 무지개는
그 언제까지나 영롱하리라고

밤새 태풍이 왔다 간 것 같기도
세찬 빗줄기에 물감은 씻겨내려가고
팽팽히 당겼다 놓은 자리엔 하얀 보풀이 일었다
살살 달래며 펴낸 주먹 속엔 구겨진 종이뭉치
꽃잎이 떨구어진 자리에 피어난 거미줄
널린 빨래에서 똑똑 물이 떨어지는 이곳은
이젠 참새 두 마리의 놀이터

저기 봐
하나 둘 꽃은 지고 조명은 꺼져도
하루하루 서늘해진 자리마다 기워 놓았던
알록달록 만국기들의 춤

악장이 끝나도 머쓱한 박수가 떨어져도
끝내 뒤돌아 지휘자가 떠나버려도
변주에 변주를 거듭하며 결코 끝나지 않을
우리들의 목소리로 채워진 황홀한 심포니

잊지 않을게
움켜 쥔 반대편 손은 언제나
서로를 향해 뻗어 있었다는 걸
가끔은 허우적 때로는 반짝반짝 돌고 있는 우리
이쪽으로 던져진 따스한 눈빛만으로도
새롭게 피어나는 깃발의 벅찬 펄럭임을

시퍼런 이끼를 손톱으로 긁어내며
울룩불룩 터지고 헝클어진 자국을 매만지며
그리운 품 속에 입술을 묻어본다
목을 가다듬으며 펄럭이는 가슴을 부여잡으며
귓속을 적시는 그 소리에 가만히

가만히
눈을 감아본다

팔랑팔랑 날아갈래요

엄마, 나 신문 주어

꼬마는 빨리 키가 크고 싶었다
빨리 커서 아빠처럼 차도 몰고 넥타이도 매고 싶었다
흠흠, 매일 아침 아빠는 신문을 펼치었다
현관에 웅크리고 있던 녀석도 아빠의 손만 닿으면
폴랑거리는 나비 한 마리가 되었다
포, 포, 모았다 폈다 팔을 따라 나비가 날개를 흔들면
은은한 바람을 따라 꼬마의 마음도 두둥실 떠올라 천장을 휘젓고 다녔다

꼬마도 나비가 되고 싶었다
나비가 되어 천장도 짚고 철봉도 넘어보고 싶었다
아빠가 소파 위에 벗어놓은 회색 나래옷을 집어 들고 다리를 꼬았다
하지만 좌우로 나란히를 해 보아도 나비는 꼬마를 덮어 버린다
두 손을 모으며 슬슬 날개짓을 해보려는데 그만 미끄러졌다
여기저기 흩어진 날개 조각을 휘젓다가 눈물을 글썽거렸을 것이다
엄마 발자국이 들릴까봐 내내 조마조마 했을 것이다
그렇게 울먹이다 한 조각을 이불삼아 코 잠들어버렸다

자리를 잘 잡았구나 나비야

언제까지고 그렇게 새벽달처럼 드리워주렴

　　　내게 온 세계

코드명:DJAAK

그녀는 오늘도 홀로 거실에 앉아 키보드를 친다

때때로 그것은 실로 거룩한 작업
'월광이 흐르기 시작하고… '*

조그만 시집 속 한 편의 커피 묻은 페이지로부터-
언제부터 그 심장은 '아다지오'로 뛰기 시작했던 것일까

고개를 숙인 채 책과 자판을 오가는 분주한 시선
혼자 놀던 모니터가 이따금 뚱한 표정으로 껌벅거려보기도 했다
어디서인지 월광이 흘러나오면
그녀는 다시 자판을 두드리는 일에 열중한다. 지금 손가락은 ㅍ을 찾고
있다

숨어버린 글쇠를 이리저리 들춰내며
그녀는 이 글자 저 글자를 징검다리처럼 통통거리며 옮겨간다
계단을 오르내리는 걸음걸이마냥, 기타를 퉁기는 서툰 손짓처럼

---

* 한영옥 시 〈아다지오〉의 첫 행

아다지오로 조심스럽게 손가락이 자판을 짚어나간다
그래, 그녀는 이 글쇠와 다음 글쇠 사이의, 어느 한 순간에 살고 있었던
것이다

그렇게, ㅇ이 흐르고 ㅜ가 흐르고 ㅓ가 흐르고 ㄹ이 흐르는 동안
촉촉한 달빛이 거실에 머물고 파란 요정님이 열린 창문 사이로 잠깐 들어
왔다 나가는 동안
홀로 그녀는 자판에 열중하고 지금 세상도 아다지오로 두근거리고 있다.
그리고 그동안에
끔벅이는 눈동자에선 몇 줄기의 달빛이 새어 나가고
꿈틀대는 입술에선 수십 번 글귀가 속삭여지고
꿈꾸는 주름살에선 짚어 온 다릿돌들이 내내 통통거렸다
몇 번이고 이쪽과 저쪽을 왔다 갔다 하며
글쇠를 짚은 손가락이 달빛처럼 생의 감각을 더듬고 있었다

SNSANFRKXDMS TOQURQUF
별안간 그 생의 감각이 내는 괴상한 소리-
아무것도 모르는 그녀는 열심히 자판 위만 두리번거리고 있고
이를 멀리서 지켜보던 나는 터져 나오는 웃음을 참으며
살며시 다가가 '한/영' 버튼을 눌러주었다
고개를 든 그녀가 멋쩍어하다가 울고 있는 주전자를 달래러 간 사이
나는 슬그머니 컴퓨터 앞에 앉아 암호의 해독에 골몰하다가
아다지오로, 통통거리는 심장으로 시의 말미에다
아직 말하지 못한 수줍은 한마디를 달아보았다

DJAAK TKFKDGODY

고장 난 트럭

포근한 달빛이 습한 벽지를 말리우는
일요일 저녁, 거실바닥
일주일 내내 돌고 돌린 탓일까
월요일께 수리했던 하얀 트럭이
어느새 만신창이 되어 바닥에 누웠다

 일요일이잖아요,
벽지말이를 양 겨드랑에 끼고서
때 묻은 작업복을 걸치면
아버지는 다시 하얀 트럭이 된다
찌그러진 흉터하며 갖은 생채기가
영판 제 주인을 닮았다

 우리 아들 학원비 대야지
눈가에 앉은 관중들이 일제히 웅성거리면
아버지는 육상선수처럼
현관 문지방에 손을 얹고 엉덩이를 쳐드신다
출발신호, 방 두 칸을 만들어 내기엔

작은 엉덩이가 너무 힘겹다

크르릉 푸르릉, 고놈의 엔진은 또 말썽이다
콧구멍에 키를 꼽고, 드르릉 드릉
벌써 겨울인가? 시동이
안 걸리네, 코가 비틀어지도록 크릉
거리는데, 어째 좀체 나갈 생각을 않는다

어이고 허리야, 크릉
또 수리하셨다 던데, 부릉
홧김에 당긴 심판의 방아쇠에, 탄피가
엉덩이에 박혀 버렸나 보다
뚫린 내복 구멍으로부터 어쩐지
비릿한 화약 냄새가 났다

 들어가 주무세요,
클락션의 숲, 잠시 돌아서서
대답하는 엉덩이, 부릉,
다시, 출발이란다

배추나비

그렇게도 새하얀 이불을 좋아하시더니
병상에서도 깨끗한 요만을 고집하시더니
끝끝내 이마 위까지 살포시 드리워
푸른 하늘 향해 하얀 노래 부르시게 된 외할머니

저 너머 강이 보이는 한적한 산골짜기
조그만 집에 할머니 뉘어드리고
노란 지붕 토닥이며 그렇게 우리는 마주섰다
훌쩍임과 함께 이따금 두런대는 소리
그랬노라고, 그랬노라고. 뚜렷해진 경계를 향한
무서운 익숙함에 모두들 신발만 머쓱대고 있을 즈음

어디선가 배추나비 한 마리 날아들어
설익은 무덤 위로 하얀 발자국을 찍었다
묵묵한 고갯짓을 굽어보는 조용한 날갯짓
바람이 불고 어린 동생이 나비를 쫓는다

하늘에 몸을 맡긴 건지, 까울대는 소리 때문인 건지

순간 부웅하고 떠오른 나비는 우리에게 섞이어

막내 이모부 머리에 앉았다가

둘째 이모부 무릎을 지났다가

첫째 이모부 가슴을 스치고는

아버지 어깨에 앉았다. 바람이 불었다

실패한 사업의 그림자 속에서 홀로 눈물 삼킨 어머니

텅 빈 지갑보다 더 아픈 고독 속에서

어머니는 오래토록 전화기를 붙잡고 계셨다

자식도 친구도 형제에게도 보일 수 없던 눈물이

그렇게 쏟아졌었다. 내 베개마저도 적시던 그 목소리와

수화기 너머로 들리는 깊은 한숨, 그 깊고 깊은 이야기만큼이나

오래토록 앉아있었다. 흘러가는 구름 사이로 드러난 햇살이

찌푸린 눈 속을 비집고 들어와

따스한 바람 속에 먹먹한 눈을 끔뻑거릴 때까지

침묵 가운데 들여다 본 아버지의 눈동자로

어쩐지 하얀 하늘이 비치는 것 같았다

사진

자개 화장대 위 사진 한 장
모서리 닳아 운 누런 등짝에 깜장횟빛 가슴팍

거기엔 소나기색 철쭉에 강물빛 봉선화가 피어있지
아버지 머리 같은 화단 위로 드문드문 하얀 싹들
그 옆으로 자전거가 서 있어
마당 위로 납작하니 누워있는 햇살과
그것을 쪼고만 손모자로 담뿍 쬐고 있던 찌푸린 얼굴
햇살보다 더 하얀 발가벗은 꼬마 아가씨는
봉선화가 비치는 은빛 대야 속에 겹게 궁둥이를 틀어넣고 있었지
나무들은 저녁 창문처럼 한들거리고
문득 손가락의 자맥질 소리가 들렸을까
기둥 옆에 쪼글고 앉아 겨드랑이며 목덜미며
닦아주느라 분주한 젊은 아낙은
그늘을 드리워 아래를 향해 가만히 품어 다듬는 나무처럼
잎이 무성한 나무처럼
딸애가 툴툴대거나 천연하게 물장구를 쳐도 그저 웃으며 수건을 적실 뿐
코앞에서 렌즈를 겨누어 유심히 들여다보는 것조차 알아채지 못했어

그래서인지 화단이 통째로 대야 위로 쏟아지며 일렁거려도
코앞으로 무던히도 깊은 도장이 와락 안았다 지나가도
끊어진 실끝따라 우수수 봉선화 꽃잎은 떨어지고
그 자리에 자개장의 무지갯빛이 어리어 반짝거려도
팔랑거리는 바퀴에 몸을 얹으면 끝없이 달을 향해 날아가는
페달 위로 한 여자의 얼굴이 피어올라 인사를 건네어도

알아채지 못했어
나무처럼, 말이지

조금만 낮춰보면

조금만 낮춰보면
볼 수 있대요

벽에 그려진 가로줄 서너 개
노랑 빨강 크레파스 노래
책상 밑 일렬종대 코딱지 군단
에구머니나, 난꽃 아가의 얼굴

조금만 숙여보면
들을 수 있대요

개미 왕자님 길 잃은 이야기
소파 밑 오백원 투덜대는 소리
한번 걸어볼까, 그만 넘어져 버린
내 어린 시절, 엄마 말씀도

이렇게
무릎을 굽혀
낮춰보면

낮   춰
         보
      면

구멍 난 양말
부르튼 발바닥
오늘도 어제처럼
구겨 신은
구두 한 켤레

오늘 저녁은 꼭
발목을 주물러 드릴래요

고래化

울주 반구대 암각화를 바라보며

삼천 년 전엔 이 땅에도 고래가 헤엄쳐 다녔을까

태화강, 그 연한 머리칼의 끈질긴 모근을 부여잡고서
나는 바위에 새겨진 내 할아버지들의 진한 손톱자국과 마주하였다
그 옛날엔 이곳에서 물기둥이 쉴 새 없이 뿌우거리고
거대한 지느러미의 도리질에 바다가 그렇게 휘청거렸으리라고-

하늘을 향해 고개를 갸웃거리는 다섯 마리 고래들
하얀 구름이 푸른 바다에 퍼져 오르는 포말이라고 생각는 것인가
돌에 박혀, 이제는 굳어버린 그 지느러미를 차가운 물속에 맘껏 휘두르며
벽을 넘어, 광활한 바다 속을 시원하게 누벼보고도 싶은 것이다

혹여 그 짠 내음과 소라 껍데기의 울음소리가
우연하게도 그 말라버린 몸을 다시 흠뻑 적시고 먹은 귓속을 가득 메우게
될 지어면
납작하게 엎드린 그 몸이 솟아나 시원한 기지개를 켜게 되진 않을까
그렇게 또다시 계집들은 춤을 추고 술사는 노래하고 멧돼지는 엉덩이를
부비고

나는 발가벗은 몸으로 고래의 살찜에다가 또다시 진한 손톱자국을 남기게 되진 않을까

 내 핏줄 속에 조용히 흐르고 있는 -그 옛날 할아버지가 즐겨 먹었던- 쫄깃한 지느러미의 세포가 하나하나 되살아나

 내게 아가미가 생기고 지느러미가 튀어나오지는 않을까

 그렇게 내 엉덩이에 내 아들들의 손톱자국이 남게 되지는 않을까

 강물이 넘실거리고 어쩐지 엉덩이가 근질거렸다

 삼천년 후엔 이 땅에도 고래가 헤엄쳐 다니게 될까

2부

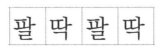

팔딱팔딱

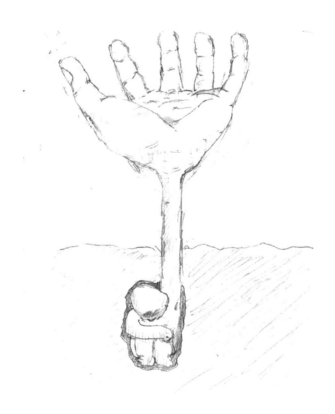

시

시를 쓰는 것은 앞니를 기르는 일이다

척추 뼈를 갉아
기억의 여울 가운데
오늘도 하나의 둑을 쌓았다

너와
너를 아는 것들과
너는 몰랐으면 좋았을 것들이

그렇게 가두어졌다. 흐르지 못한 채
빙빙거렸다. 그래 안녕, 뒤돌아

쉬하고, 한때는 우리도
실하고, 바늘 너도 좀
쉬라고, 이대로 잊혀지
시라고, 꼴에 그것도

시라고, 차마 다 가두지는 못하였다

우스운 날들이 많았다. 어째서 바
늘 같은 꿈만 꾸는지. 너의 귓
속을 휘저어댔던 밤들과, 나의 손
목을 졸라대던 길들과, 죽어라
고 울어댔던 수많은 날들에, 앞
춤이 뜨거워졌다. 흔
들리는 언더락에 취해 혼
이 빠졌다. 어떻게 한
살을 먹어도 채
울 수 없는지. 허
전해졌다. 그 아
품에 안겨 나는 독을 뽑았
다 깎아서 입속에 심었다. 그 가시

나는 결국 버리지 못했네. 그놈의
시 때문에, 그
詩 팔 것, 때문에

터치

어린 날 누나의 서랍 속 돋보기는 둘도 없는 내 친구였다

뭐니뭐니 해도 재미로는 불장난만 한 것이 없다
갖은 벌레들을 잡아다가 들여다보다가
끝내는 제물로 삼곤 했던 것인데

어른이 되었다. 이제는 많은 것들을 숨겨야 하는 나이
앞날에 별 도움 되지 않는 사소한 것들과 함께
내 소중한 친구도 바지춤 깊숙이 찔러 넣어졌고

혼자 앉은 밤이면 아무도 모르게
다시 그 옛날의 친구를 꺼내어 반가운 인사를 하곤 했던 것이다

손에 잡히는 벌레 따위 없다, 이제 중요한 건
자꾸만 어른거리는 그대를 들여다보는 일
태워서 조그만 구멍을 내는 일
거기에다 나의 구멍을 맞대어 보는 일

하얀 종이 위로 그대가 누워있다
불안한 시선으로 나를 바라본다, 바들
바들, 입맛을 다신다, 순간
뒤통수를 덮치는 따가운 느낌

나를 겨눈 손가락들이
마침내 벌려지고 있었다

즐거운, 고해

'樂'이라 쓰고 '좆'이라 읽는다

아무래도 좋았다. 시를 쓰지 않는 때면 나는 중력처럼
한 줄의 금을 긋는 일에 몰두했다. 도화지는 그녀의 가랑이였다. 가엾게도
나는 퍼런 핏줄에 불과했다. 직접 붓을 견주지는 못하고 매번 손가락만
빙빙거렸다
카덴차*가 몰려오면
나는 스피노자를 떠올렸다. 묘목은 뽑아버리고 구덩이에 스스로 들어가
묻힌다
사과보다는 '나'를 낳는 편이 나을 테니까. 아무래도 좋았다. 허락도 없이

한숨이 튀어 나오지만 않는다면. 천장으로 떠다니는 먼지를 헤아리다
도화지 위로 그녀의 얼굴이 새겨진 모양을 마주할 때면
옷소매로 황급히 쓱싹대곤 하였다. 매번 있는 빙빙이지만 그때마다 나는

---

* 카덴차(cadence): 종결부. 악곡이 끝나기 직전에 독주자나 독창자가 연주하는,
기교적이고 화려한 부분

병신처럼

　빙빙거렸다. 졸렸다. 상상은 언제나 나약한 법. 또다시 나는 하릴없이

　무릎에 턱을 괴고서 축 쳐진 붓으로 허공을 겨냥하곤 하는 것이었다. 이

쯤 되면

　찢어질 법도 하건만, 종이는 찢어지기는커녕 금만 더 선명해져 갔다. 그

래서 병신처럼

　나는 금 건너편이 더 궁금해졌다. 퍼렇게 꿈틀거렸다. 나, 약하지 않아-

마치 보란 듯이

　나는 약한 것처럼 전화를 걸었다. 곧이어 낯선 도화지 한 장이 눈앞에 나

타나

　마구 흔들어대었고, 그래서 그리던 도화지는 팽개쳐둔 채 아무렇지 않게

　금을 넘었다. 넘기만 하면, 귤빛 강물 속 멱 감는 코끼리가 무지개라도

　뿌릴 줄 알았건만, 이상하게 아무렇지도 않았다. 그래서 그런지

　암울했다. 타는 심지는 입에 물고 있을 것이 아니라 심장 쪽에 가져다 놓

을 걸 그랬나보다

　퍼런 불꽃이 목구멍을 타고 숨통을 조르기 시작했다. 졸렸다

　그래, 그 때부터였을 것이다, 나의 도화지가 갈라진 틈으로부터

　갈기갈기 찢겨나가기 시작한 것은. 이따금 찢어진 조각 하나하나에 드리

운 그녀의 애틋한

　눈동자가, 코가, 입술이, 제각기 비명을 지르기도 했다. 심장이 아팠다

　이렇게 나의 첫 번째 화살은 곰보 같은 뒤통수 한편에 꽂혀 영영 파묻히고

야 만 것이다

(그 화살로 인해 살해당한 것은 그녀뿐만이 아니었다. 그것은 나의 순정이었다)

　못난 나의 행성에서, 스피노자는 뿌리째 절규하는 나의 몸뚱이를 거꾸로 냅다 꽂아 놓았고
　그 후로 나는 속으로, 속으로만 자랐다
　처참한 뒤통수가 어둠 속에서 울부짖을 땐
　나의 행성은 까닭 없이 부풀었다가, 핼쑥해졌다가, 눈물을 흘렸다가 했지만

　뭐 아무래도 좋았다. 이거 참 樂같지만서도

뚝

똥꼬에 돋은 검은 터럭이
내 끼니를 뺏어먹고서
무럭무럭 자라날 때부터

나는 더 이상 크지않았고
그럼에도 아이일 수 없었고
아이여서도 안되었고
그래도 이건 아인데 싶었다

기둥이 되어라. 설날이면
아버지는 말씀하셨지. 날마다
미친 듯이 책을 잡았건만
나는 우뚝 설 수 없었고

해 진 하늘이 시퍼렇기에
헤진 꿈속을, 내 여린 꽃은
기둥이 되었다. 히끗
손끝에 걸린 막대사탕과, 삐죽

저려오는 날갯죽지와, 전설처럼 내려오는

동굴을 찾아서, 나침반도 없는
항해가 시작되었다. 지도에 따르면
머잖아 육지입니다. 그렇군
자네는 내리게. 선장님은요?
계속 가야지. 알다시피 이놈은

그칠 줄을 모르잖나. 이를테면
꼬리를 삼킨 뱀, 시계 바
늘 같은 삶이랄까. 결국, 벗어
날 수 없군요. 어쩌겠나
펄떡거려봐야지. 어쨌거나

드디어 인도라며 구겨진 휴지 속에서
웃으며 죽어간 선원들과
끝내 흙을 밟지 못한 선장의
마지막 담배 한 모금
그 하얀 춤사위를

나는 바라보았다
날 것 같았다
가 떨어졌
다

팔딱팔딱

마냥 한가로워 보이는 저 물 속 세상은
그러나 먹고 먹히는 치열한 삶의 또다른 각축전*

요정이 될 거야, 짝꿍의 목덜미를 뜯으며 네가 말했다. 낙엽 쪼가리처럼 넙데데했지만 네 입에서 나온 말이니 믿어주기로 했다. 팔까지 휘두르며 으스대고는 붉은 눈으로 창밖을 바라본다. 벌써 친구는 빨린 음료팩처럼 쪼그라들었다. 머리 위부터 탈탈 게워지는 가방 위로 무지갯빛 날개가 비친다.

나는 역광이었다. 네가 조명이고 음악이고 풍경이었으므로. 늘 뒤에서, 날 뒤에서 노려보았다. 아무렇지 않은 척 순진한 척 꼬리를 살랑거려야 했다. 최대한 천진하고 악의없고 의자 끄는 소리보다도 하찮은 목소리로 말한다. 헤헤. 그러고는 구석에 쳐박혀 풀이나 뜯고 자갈이나 차고 다녔다. 그 눈은 어디에나 있었다. 뒤에서, 헤헤. 밥을 먹어도 책을 읽어도 하다못해 똥을 눌 때도. 뒤에서, 살랑. 하루종일 그리고 집에 오면 아무 일도 없었는데도 이상하게 등이 따가웠다. 한 다스씩 신나게 연필깎이를 돌리고 지우개똥도 한 뭉텅이씩 만들었다. 제목, 살랑살랑 봄바람에 힘차게 뛰어오

---

* MBC 다큐멘터리 〈3억년 생존의 신비, 잠자리〉 나레이션

르는 나. 공책에도, 책상에도, 손목에도. 얘야, 등 뒤에 그건 뭐니? 아무것도 아니에요, 헤헤.

　너의 소문을 들었다. 몇 번의 지난한 변신을 거쳐, 명품 선글라스에 호피 코트에 벤츠를 타고 날라다니는 걸 보았다고 했다. 됐어, 기억도 안 나는 걸. 돌아서 밤새도록 연필을 깎았다. 씨발, 아직 난 거기 그대로 앉아 있는데. 이놈의 꼬리는 떨어지지도 않고 살랑거리는데. 왜, 뭐, 어쩌라고. 낙엽 더미에 올라 신나게 밟다가 뛰다가 아그작거리다가 일어나면 등이 다 시큰거렸다. 양치를 하고 지우개똥을 한 뭉텅이 털어넣는다. 헤헤, 제발 오늘은 만나지 말자.

　올챙이는 잠자리 애벌레의 훌륭한 먹잇감이다
　밖에선 얘기가 달라진다
　이제 개구리의 시간이다

감자에

기도 안차지 않아

거 쬐깐한 주먹만 해가지고는
까짓거 내비뒀을 뿐인데
무구한 눈깔이 자라서
머리를 찌르고 속을 뒤집고
여차하면 목을 조를 수도 있다는 게
솜뭉치 속 압정이 웅크리고 있었단 게

그래 잘 알겠지
어제도 뒷문 탁 앞문 쾅쾅
움켜쥔 한 손 달라붙던 날카로운 햇살
멍한 얼굴들에 도로 쏘아붙여가며
이놈 어때 저놈 수상해
까까머리 뒤통수에다 박자를 맞추며
춤까지 췄댔었는데
여차하면 베어버린다며
냅다 파버리면 예전처럼 수그릴 거라던

네가

이젠 겁나지 않아
우습기까지 해
힘찬 아침처럼 늘상 꿈틀대던 무언가
중얼거리며 고개를 움츠리며 눌러댔던 그것
들키지 않으려 덕지덕지 살을 붙여가며
벌써 이렇게까지 키워냈는걸
세상으로 퍼져나갈 준비가 됐는걸

언젠가
이 손으로
몸소 긁어내고 뽑아내서
그 잘난 목구멍에
욱여넣어서
턱쪼가리를 흔들어서

네 눈은 멀게 될거야

경칩

콘센트를 뽑았다

불도 진작에 껐다

저무는 배터리만큼 등에는 홍매화가 피었다

뒷산 너머 기지개를 켜고 있는 물줄기를 타고

소문만 무성했던 터빈이 돌아간다고 하니

이만하면 되었다

벨트를 풀고 팬티도 뜯어버리고

저만치 아득한 동그란 빛 너머

거문 송곳니들이 헤쳐놓은 구덩이 위로

점 프

곱게 깎아놓은 발톱 틈으로

빗물아 구름아 바람아

머리카락 손가락 하나하나 모조리 태워버릴

환희의 송가가 콧구멍까지 뿜어져 나온다

수억만년 전 지층을 뚫고 올라온

비린내는 아직도 혓바닥에 스멀거리고

고운 꽃씨야, 시든 입술 위로 노오란 새싹을 틔어주지 않으련

낮선 정류장 낮선 복도 낮선 사물함
웅성이는 발가락들
안 녕
칼날처럼 쏟아지던 꽃비

오 라
어제의 그것은 죽었다

젖

어금니가 간지럽다

눈을 감으면
늘 그 시절이었다
한 생을 위하여
온 힘으로 빨아댔던
갖은 대로 삼켜대는 것만이
살아있다는 유일한 외침이었던
한 작은 짐승에게―

대대로 전해오는 광합성법은
어느 순간부터 물려주지 않게 되었고
대신에 어머니는
작은 고무뭉치를 입에 물려주셨다

있지, 넌 고무맛이 나
너의 품속에 파묻혀, 입안 가득
향긋한 살덩이를 기대했건만

너도 마찬가지야
그렇게 서로 뺨을 때리고 놀았다

이빨에 낀, 이 역겨운 뒷맛은
어떻게 떼어버려야 하는지
딱딱거리며 눈을 부라리며
어머니를 아버지를 동생을
질척거림을 뒹굴거림을
아가씨를 아줌마를 어린 소녀를
나는 미친 듯이 빨았다, 빨리다 못해
흐물거려 축 늘어질 때까지-

세상의 틈을 빨아 나의 자리를 만들고
거기에 맛을 들여 몹시도 골몰하였건만
나는 그만큼 자라지 못했고
그래서 닥치는 대로 입술을 들이밀었다

세상은 그렇게
저마다 서로의 엉덩이를 향해
연방 고무꼭지를 쏘아대고 있었다

실토하자면,
당신에게도 하나 꽂아놓았다
역시나 당신도,
마찬가지였다

안주일體

벨을 누르면
어둠을 헤치고 접시 든 손이 꼼지락거리며 다가온다
그 속엔 누릿한 오징어 한 마리
정적을 깨고 매끈한 다리가 요염하게 더듬어 온다
매니큐어는 간장 마요네즈

비린 내음을 걷으며 군침과 함께 다리 한 짝을 찢는다
비명 일발 장전
아마도 어제 만난 싸가지 없는 년 꺼라 생각된다
따라 친구도 찢는다, 격발, 찐득한 김이 모락거리는
푸들거리던 그 콧구멍은 과 동기 여자애란다
왠지 비슷한데? -그러게, 같은 년 아냐?
케케케

유리들의 우리들의 형식적인 키스로 눈앞이 빽빽해지는 동안
부닥뜨리는 이 사이에선 쉴 새 없이 신음소리가 터져 나왔다
어떤 소리는 교수님 같기도 하고 아버지 같기도 하고 그랬다
소리들은 짓이겨 터지기 전에 어떻게든 벗어나 보려고 허우적댔지만

소용없었다
곧이어 친구의 혓바닥 위로 출토된 현대적 회화 한 점
이거 봐라, 입은 나, 손은 너, 코는 아까 그년임
대개 시시한 것들이었지만 매번 입술을 제껴주었다
웃는 김에 잇몸에 남은 찌꺼기들을 뱉어내려고
케케케

접시가 비었네
동창 하나를 마르고 닳도록 다지던 참이었는데
더 시킬까? -됐어 저기 있어
손가락 끝 세모난 지느러미 위 씰룩거리는 스커트
괜찮은데, 맡아 봐, 맛은, 먹어볼까, 다 들리는 거 아냐,
쩝쩝
혀끝으로 이빨 사이사이를 속속들이 설거지하는 동안
목구멍으로 짭조름한 파도가 넘어왔다
테이블 위에는 팔다리가 해체된 채 뒹뚱거리는
너덜너덜한 살 껍데기들이 가득 쌓여 있었다
빈 병이 노곤한 혓바닥으로 채워졌다
배부르네 -계산은 니가 해라
뭐?

조명이 흔들렸다, 순간
물을 마시는 친구의 팔이 납작해지더니 갑자기 진득한 먹물을 뿜어댔다
흐물거리며 나를 가리키는 친구의 눈동자 안으로

어쩐지 꽈배기가 되어 바둥거리는 촉수들이 비쳤다
옆에서는 오징어들이 서로 테이블을 차지하려고
빨판을 물어뜯고 싸우고 있었다, 자연스럽게도 나는
친구의 팔 한 쪽을 좌악 찢어서 한입에 털어넣고는
턱으로 탭댄스를 췄다, 친구의 신음소리가 뒤통수에서 났던가 입속에서 났던가
아무튼 양쪽에서 스테레오 서라운드로 울려대는 통에 머리가 지끈거렸다
계산하라는 종업원에게 돈 대신 먹물을 끼얹고
문을 열었다

흔들리는 거리는 하나의 거대한 수족관이었다
아니, 수족관手足館이었다
하여간 서로 씹고 뜯으려고 난리도 아니었다

} {

첫 수업시간
{봉긋한}
거면 다 시커맸다

푸른 초원으로부터 출발한 장대한 집합의 끝이
블라우스 속 하얀 포물선으로 수그리며
교탁 위의 어느 한 점으로 수렴해 갈 때

육각의 기와지붕을 태워버리고
마침내 미어캣으로 진화한 거북이는
아찔한 틈을 향해 정조준
입술까지 힘껏 시위를 당겨
허리춤에 꽂아둔 원소들을 쏜다

된다 안된다 된다 안된다   안된다
하나 남은 이파리 덜렁거리며
상기된 얼굴로 솟은 울타리를 넘으면

교집합
혹은
합집합

몽실몽실 구름 뒤편의 축축한 바다
콧등에 맺힌 땀으로 절은 입술
선로를 탈출한 기관차의 폭주
고삐라고 당긴 건 웬 검은 머리채
이랴, 누구도 찾을 수 없는 저 지평선까지
이 끝과 저 끝을 포개면 피어나는 나비 한 송이
미지의 이름 불러라 부러워라 풀어라 푸르러라 뽈라삐라
낯선 웅성거림들이 귓속을 사정없이 후벼대는 통에
몸부림치다 꺾어버린 산딸나무 꽃가지
웅장한 전주의 끝, 입 열자 눌러버린 취소버튼
찢어진 날개, 터진 풍선, 도망치는 사람들
피범벅이 된 손바닥

꿈
이거나
끔

그림자놀이

밤의 베일이 또 한 칸의 하루를 잠근다

삐이 기다란 귀
아니 푸드덕 날개
아니아니 축축한 주둥이

아늑한 물리법칙의 결계 너머
쉴새없이 꿈틀대는 저것은
도무지 말이 없다

경 고
손을 넣지 마시오

미끄러지자 산산조각 난 심벌즈
들것 밖으로 불거져 나온 팥앙금 한 덩어리
판사님 혀를 집어넣었으므로 저는 무죄입니다

손가락 쪽쪽 빨아 창호지에 구멍을 뚫고

그 안에 도사리고 있을 붉은 눈동자를 쫓는다
한 꺼풀 뒤에선 볼 수 없던 입술의 옴짝거림
그 알 수 없는 언어의 목구멍 속으로

깊이 더 깊이 헤엄쳐 간다
가슴팍을 부풀어 올리다 마침내 닿게 될
상자 속 상자, 포장지 속 포장지
무참히 늘어선 비닐 방울의 발을 걷으면
미간을 향해 서서히 조여오는 기억의 집어등

산 놈들은 진작에 빠져나갔고
죄다 썩은 것들만 뒹굴거리는
찢어진 그물의 잔해를 길어올린다, 토막난
손가락과 마주친다, 구겨진 달력, 시든 맹세
마디마다 한 글자씩 현현하며 타오르는

반전된 당신의 빛이 바늘을 물고서
달아나는 뒤통수에다 문신을 새기고 있었다

시간초과, 어째서 정답은
늘 반걸음 뒤에 따라오나

결국은

읽으라고 사줬더니
전부 끝에만 보고는

내는 커서
위인 안해

위인은
다
죽잖아

소행성 301-비전

나를 발견한 한 천문학자에게,

나는 정원사입니다
이곳은 자전이 멈춰서
종일 볕이 들지 않아요

유리로 만든 성벽을 지나
취한 혓바닥으로 전장을 누비면
색색의 잔해들 너머로
꽃 한 송이가 보여요, 네모난
그 얼굴은 나를 보면 피어나고
보이지 않으면 울고 말죠

기타 한 그루를 심어요
거름은 노랫소리
형광등 불을 먹고 자라죠
정성스레 가지를 쳐주면
흥겨워서 콧소리를 내요

아, 여기도 좀 쳐달라고 그러네요

파리 한 마리쯤 그 구멍에다가 살아도 좋구요
열매가 익으면 심어서
새 기타를 장만할 거에요
숲이 드리워지겠죠
온 행성이 노래를 불러요

놀러오시려거들랑
참치 한 캔만 사다줘요

아침이겠죠,
지금 지구는

올리브 비둘기

검은 바다 위 하얀 하늘
나는 외로운 비둘기
갈 곳도 머물 곳도 없건만
난 새 삶을 찾아 날아야 한다

까닭 모를 막연함에 눈물짓고
끝없는 비행에 날개 접고 싶지만
이 너른 세상에는 나 혼자 뿐
이 너른 세상에는 나 혼자 뿐

달콤한 열매가 그리워도
꿈같은 나날들 그리워도
현실이 된 나의 날들이 두렵고
여린 가지 위에라도 잠을 청하고파

하지만 이것은 나에게 주어진 길
달빛에 가녀린 몸을 떨고
쏟아지는 잠 속에 한숨지어도

내가 아니면 아무도 갈 수 없는 길

내가 아니면 아무도
아무도 갈 수 없는 길

더 높이 날아오른 세상
저만치 올리브 나무가 보인다

이것은 시가 아니다

퇴고를 위해 고안한 이중슬릿 실험장치(실용신안등록)

-한 글자씩 두 바늘귀를 관통시킬 것

-벽에 또렷한 간섭 무늬가 관찰될 것

죽었니 살았니

혐오스런 소라게의 일생

잡지 좀 말아줄래 밖은 너무도 위험해서

가녀린 엉덩이에 아늑한 이빨자국을 새겨줄

더 나은 누군가를 찾아 헤매고 있어

언제든 널 버릴 준비가 되어 있어

울지 마 모든 걸 벗어던진 채 낯선 구멍을 향한 도약

바위 뒤 우글거리는 눈동자 앞에 던져진 찰나

노래를 부르고 있어 이젠 흉터로 남은 네 입속의 검은 오선

그 위로 덧칠할 거야 바닥을 향해 스며드는 음표들

방금 한번 앉아 본 병뚜껑에선 포도 냄새가 나

끅, 어쩐지 빨갛게 뒤집어지는 기분-

각주구검, 평온했던 집이

알고보니 거대한 방주였던 건에 대하여
무슨 뜻이야?
모르겠어 언젠가 이 자리에서
무언가 잃어버렸다고 적었었는데
어쩌면 너였을지도

한 조각씩 떼어내고 던지고 또 금을 긋고
탈탈 가루마저 털어버리고
온 벽지가 찢기고 패이다 못해
죄다 헤집어져버리고 나면
저 깊은 곳으로부터 거센 물살을 박차고
온전한 네가 떠오르진 않을까
벌어진 내 목구멍에다 뚝 뚝
진한 간섭무늬를 새기며
그렇게 한 조각씩 날아오진 않을까

끝끝내 잠잠한 수평선을 앞니로 끊어버리며
어딘가 가라앉아 있을 너의 목소리를 향해
엉덩이를 던진다 나의 바닥과 너의 바닥을
맞대어본다 콧속까지 잠겨버린 너의 바다
두 구멍을 동시에 관통하려 몸부림치는
헛도는 혹은 밑빠진
이을 수도 채울 수도 없는
틈 안에서 또다시 나는 벽을 향해 질주한다

깨진 소리 널브러진 조각들 목을 향해 달려오는

끝에서 끝, 그 끝의 끝과 끝

아니다 이건 아니다 아직도 아니다

*

이번엔 네가 던질 차례다

3부

오 메 가　씨 마 스 터

그럭저럭

좋게 말하면 익숙해진 거지

자꾸 뭐가 알짱거린다
양 한 마리 좀 그려달란다

지우개도 번갈아 쓰며
명암까지 넣어줬었지
이젠 안그런다

심드렁한 네임펜이
상자 한가운데 뱉은
기깔나게 까만
동그라미면 된다

좋단다
친절하단다
또 온단다

눈알도 끼워 맞출 듯
한아름 상자를 안고서
씰룩대는 궁둥이들을
으쓱거리며 보내고

돌아서면 상자 속-
구겨진 공책을 꼬옥 안고서
나는 한 마리 양이 되기로 한다
이불을 칭칭 두르고
동그랗게 입만 남겨두고

낼름낼름 열심히도 오려낸다
보세요 여기 살아있는 게 있어요

눈알은 커녕
지나는 기침소리 하나
이곳을 두드리지 않는다

　오메가 씨마스터

오메가 씨마스터

무게 180그람 방수 300메타
기계식
제임스 본드가 찬다
코끼리가 밟아도 끄떡없다
헬멧은 돔형 사파이어
잠수복은 스테인리스 스틸
180그람의 무게감은
없이 밖에 나가면 발가벗은 것 같고
집에 오면 숨막혀 당장에 던져버린다

니 지금 뭘 던진기고 아이고
자라 행님 그기 아이고
쉬면 다 어그러진다고
놀지말고 돌으라고

빙글빙글빙글

아이고 행님 아침에 보니까
변기에 거품이 거품이
쓰읍 짜슥아 거품이 반이다
잔을 세우지 말고 좀 수그리라고
어차피 잘 안서는디요

뽀글뽀글뽀글

오늘이네요, 집게사장님
플랑크톤씨에게는
어린 딸이 둘이나 있답니다
본래 육지에서 살던 양반이
간 팔거라고 들어와서는
거품 뺀다고 수그리다가 보니
종내는 거의 기어다녔대요

아무도 그에게 수심을 알려준 일이 없기에*
샛노란 초생달로부터 밤하늘이 갈라졌다
삼월달 바다에 핀 꽃은 찌릉내가 진동한다

---

* 7연: 김기림 〈바다와 나비〉에서 빌림

코끼리코코끼리코
코리끼코코리끼코
월요일좋아월요일좋아
하하하하하하

오늘은 스펀지밥이랑
코끼리한테 밟혔습니다
재밌었습니다, 빵

으악

悲, 공간

십 년도 넘었건만 아직도 나는 주차를 잘하지 못한다

검사 결과 언어는 좋으나 공간지각력이 빵점입니다
시인의 운명을 예감하고 한껏 몸을 달구었건만
어쩜 니 시는 그렇게 잔뜩 웅크린 것들 뿐이니
그렇게, 댈 곳을 못 찾아 한참을 빙빙 돌아다녔다

딴에는 유창한 말로 종일 씨부려봤지만
내게 허락된 초록불은 좀처럼 보이지 않았고
모처럼 딱 좋은 자리가 나타났다 한들
그 공간을 지각하지 못해 나는 또 서성거렸다

달릴 땐 더 가관이다, 어차피 둥근 거 자꾸
자꾸 걸어서 온 세상 어린이들 다 하이
파이브하면 좋으련만

옆에는 무시무시하게 돌진해오는 퉁퉁이도 있고
얌체같이 뒤에서 졸졸 붙어오는 비실이도 있고

저 멀리 시원하게 잘 나가는 영민이도 있고
옆자리에서 꽥꽥거리는 이슬이도 있다
또 길을 잃었다. 글러브박스 속엔 이제 더 이상
대나무 헬리콥터 따위 동봉되어 있지 않다

소풍날이다
오케이, 우린 늦게 출발하니까 먼저 가서 자리 보고 있어
끝에 섞인 콧바람을 곱씹으며 호기롭게 시동을 켠다, 흥
이래 봬도 내가

경로를 이탈했습니다
입술을 깨문다, 화면이 또 먹통일 건 뭐람
진즉에 출발했는데 아직도 주차장이란다
엄마 아내와 함께 삼대 토 달면 안된다는
그 소리만 남아 그들처럼 왱왱거릴 뿐이다

잠시 후 좌회전입니다
부끄럽지만 아직 우회전 좌회전을 구별하지 못한다
왼좌 오른우 왼좌 오른우
일곱 살 때 구몬 15페이지 끄트머리 원숭이 그림
까지 스치고 나서야 비로소
핸들을 틀 수 있었던 것이다

쾅

이런

가드레일이 영 좋지 못한 곳을 스쳤다

사이드미러 달랑달랑, 폰은 방전상태, 흠

이럴 땐 오른쪽 빨간 세모 버튼을 누르라고 배웠지

오른손 밥먹는손 오른손 밥먹는손

깜빡깜빡깜빡깜빡깜빡깜빡깜빡깜빡

가시복어처럼 한껏 볼을 부풀리며

또와쮸셰요 또와쮸셰요

익어가는 불나방의 날개처럼 떨고 있었다

*

어째서

나만

이렇게

가시를 세우고 있어야 하는 걸까

꽉 막힌 도로 반대편은 항상 쌩쌩 달리고 있고

찜한 자리는 꼭 바로 앞의 녀석이 기어들어 가고

꼭 깜빡이를 넣으면 그제야 돌진해오고, 오줌은 마렵고

기름은 바닥인데, 어째서 나만 이렇게

불현듯 엑셀의 위치가 헷갈리는 걸까, 밥 먹었던가

똥 닦았던가, 엎어진 채 울고 있었던가, 갑자기

붉어진 두 눈으로 나를 보며* 그녀는 말한다

목적지는 오른쪽에 있습니다. 지도를 참고하여
갈 수 있을 리가, 저곳은 절벽, 동해바다, 100m
동쪽은 독도있는쪽 동쪽은 독도있는쪽

전화가 온다, 너만 지각이야, 오고 있어
가는 중이라고 해야 하나 못 가는 중이라고 해야 하나
차마 공간을 찾지 못해 웅크리는 중이라고 해야 하나

잠시 후 우회전입니다
오른좌 왼우 오른왼 좌우
그러고보니 나는 왼손잡이인데

*

터진 입술을 밥먹는손으로 아무렇게나 훔쳐내고
새끼손가락으로 검은 화면에다 화살표를 그린다

기어이 성대하게 치러질 우리의 소풍을 향하여
막다른 골목에서 꿈뻑이며 나를 기다리고 있을 초록불을 향하여
어디에도 꽂히지 못한 채 부러지고 만 서러운 나의 언어를 향하여

_____

* 뱅크 〈가질 수 없는 너〉 가사 중

저기 미래에서 내 이름을 외치고 있을 그리운 파란 친구를 향하여

덜렁거리는 사이드미러를 뽑아다가
뜯어진 딱지처럼 흐물거리는 그 붉은 자국 위로 포개어 본다
불나방처럼, 중얼거리고 있었다

사물이
보이는 것보다
가까이
있음

인서트 페이퍼

용지가 없습니다

한 장의 찡그림이 약국 문을 타고 넘어온다
무심한 입술, 자동적인 손놀림
이윽고 하얀 봉투가 카드 위로 착지한다
"보다 유쾌한 내일을 위한 주문 3일분입니다"

손바닥에서 손바닥으로 전해지는
아픔의 역사에 관해 나는 알지 못한다
사실 관심도 없다
구겨진 그 속을 한창 헤매고 있는 그들보다
깊이 알 도리는 없을 테니까
여전히 답을 갈구하는 눈빛들을 던지고 있지만
아침마다 볼에 팡팡 두드렸던, 밤새 마른 그 유쾌함으로
그저 격하게 고개를 끄덕여 줄 뿐이다

기도한다
오늘 하루 실수없이 무사히 지나가기를

지금 건네는 이 사소함이

내일의 가뿐함을 향한 작은 날갯짓이 되기를

알 수 없는 상호작용으로, 씻은 듯이 편안해진 얼굴로

박차고 들어와 손을 그러잡고 부둥켜 안으며

사람 뒤에 사람이, 종이 뒤에 종이가

다음 판 또 다음 판

한 켤의 수북한 짤랑임으로, 얍 얍

쳐맞아도 다시 일어나고 멍들어도 도로 반듯해질 수 있는

황홀한 숫자들이 모기떼처럼 떠 다니는 이 밤

여기야 여기, 제발 날 뜯어 줘

겁이 난다

꽁꽁 싸맨 하얀 가운이 뜯겨지고 탈탈탈

숨죽여 포복하고 있던 네모반듯 희멀건 녀석을

마침내 하얀 조명 아래 마구 펼쳐 뒤집어버렸을 때

웬만한 건 다 씻겨 번져버렸고

검게 남은 건 곰팡이 뿐이라는 사실을

옆집 할머니마저 알게 된다면

휑한 자리 내 얼굴 찍힌 도장을 쾅 찍고

WANTED 전봇대에 붙여버린다면

태풍에 간당간당하던 간판은 날아가버리고

사다리에 올라 흰 깃발을 걸어야 한다면

잉크가 부족합니다
껌뻑이는 경고등을 바지춤에 쑤셔넣으며

안녕하세요뭐찾는거있으세요에구죄
요세가히녕안다니합사감다니합송

어제 같은 내일이 접힌다 *

---

* 인서트페이퍼(Insert Paper): 의약품에 동봉되어 있는 약품 설명서

겟또다제[*]

이 세계에서 포켓몬 트레이너로 살아남기 위해
눈꺼풀 제껴 렌즈 대신
껌뻑이는 도감 화면을 끼웠다

이브이는 아픈가 보다
어젯밤에 분명 빨갛게 달아오른 뾰족귀를 보고서
흐뭇한 손길로 쓰다듬었었는데
어느새 시퍼렇게 멍든 귓바퀴는 축 늘어져
아래로 아래로 저 깊은 강바닥으로ー
얼른 안 일어나? 내가 널 어떻게 잡았는데

57분 교통정보입니다
성도지방 금빛시티 북쪽방면 35번 도로 나들목 부근
극심한 정체가 이어지고 있습니다
연일 화제였죠, 전직 아이돌이자 인플루언서 레드 씨
아침마다 달여먹었다는 11년근 이상해꽃의 이빨
각지에서 몰려든 트레이너들로 금빛 숲은 인산인해

---

* 겟또다제: 포켓몬스터 주인공 지우의 대사. 피카츄 겟또다제! (피카츄 넌 내꺼야)

널브러진 몬스터볼들, 허기를 달래는 비명소리
속보입니다, 거대 또도가스의 출현으로 도시는 아비규환
경찰은 로켓단의 소행으로 보고...

이곳은 정면의 세계
차안대*를 두르고 돌진하는 우리
팔짱끼고 붙어 달콤한 속삭임을 덧칠해보아도
깨진 무릎을 부여잡고 뒤꿈치를 당겨보아도
보이지 않아 들을 수 없어, 오직
코앞에서 삿대질하며 승부 또 승부
다음 아니면 끝
끝

이내 식어버린 꼬리를 봉지에 욱여넣고
남은 몬스터볼로 배낭을 채우며 힘차게 일어선다
자 이제 시작이야 내 꿈을 위한 여행
내 이름자 새긴 번듯한 체육관을 올릴 그날을 향해
요즘 파이리가 그렇게 핫하다는데요
그래 너로 정했다 사방에 불꽃 튀기기
가자 산꼭대기 뚫고 저 하늘 끝까지

아름다운 미래 밝은 내일이 기다리고 있다

---

* 차안대: 경마에서 말이 측면이나 후면을 볼 수 없도록 말머리에 씌우는 기구

앨리스 인 넘버랜드

어김없이 월말. 저녁 6시. 손님도 없다. 치열한 마감을 끝내고 드디어 이번 달 청구 시작. 쳐다보고 있으면 왠지 모르게 간이 서늘해지는, 오른쪽을 향해 여의봉처럼 솟아나는 심평원 청구창의 파란 막대를 보고 있으면 머릿속에서 수많은 숫자들이 빙글빙글 돌면서 서로 물어뜯고 싸우다가 소리 지르다가 울다가 하고 그런다. 조제료, 매약, 순수익 사이좋게 아래로 아래로 아래로. 정녕 이것이 지난달 내 인생 청구서입니까.

뜨드드득, 왼손으로 땀을 훔치며 사이드를 채운다. 오늘도 무사히 끝이 났습니다. 누구 하나 찡그리게 하지 않고 벽에 처박히지도 않은 채로. 애써 휘파람을 붑니다. 이런, 내릴 수가 없네요, 낑낑.

거실에 들어서니 어린 딸아이가 TV속에 빨려들어 갈 듯 깔깔거리고 있다. 〈넘버 블록스〉라고 하는 숫자 공부하는 만화인 모양이다. 텔레토비 동산 같은 푸른 초원 위로 빨주노초파남보 1부터 7까지 숫자 친구들이 재미지게 뛰어논다. 1은 빨간색 네모 1개, 2는 주황색 네모 2개, 3은 노란색 네모 3개... 뭐 이런 식. 1은 7보다 키가 일곱 배나 작은데도 쫄지도 않고 그렇다고 큰 애들이 기특하게도 우쭐해 하지도 않고 서로 부둥켜안기도 하고 손뼉도 치고 날아다니기도 하면서 아주 신들이 나셨다. 속이 더부룩해 저녁을 대충 때우고 소파에 기댄 채 바닥에 자리를 잡는다. 물티슈 한 장을 바닥 위에 고이 펼쳐 놓고 쭈그린 채 양손으로 발가락을 더듬어본다. 그렇다. 지금은 발톱을 깎을 시간이다.

2018년부터이니 개국한 지도 햇수로 5년이 되었다. 언제부터인가 월말이면, 정확히는 청구하는 날이면 저녁 먹고 발톱을 깎는 것이 내 루틴이 되었다. 발톱이라는 것이 가만히 내비두면 어느새 양말을 뚫을 듯이 치솟아 오르기도 하고 따지고 보면 별것 아닌 일인데 깎고 다듬는 것이 여간 성가신 것이 아니고 세상 귀찮은 일처럼 여겨지곤 했던 것이다. 한 달에 한 번이면 주기도 적당하겠다 몸과 마음을 갈고 닦는 내적 수양을 거쳐 바람직한 약사상을 도모하는 새로운 한 달을 맞이하자는 멋진 포부로 시작한 일이건만 실상은 스트레스 해소를 위한 하나의 의식 정도로 변질된 듯 하다. 발톱 하나에 실수와, 발톱 하나에 원장과, 발톱 하나에 건물주와, 발톱 하나에 진상과, 발톱 하나에 추락하는 숫자들...... 아, 어머니, 어머니..... 딱, 딱 소리와 함께 분질러져 가는 해질녘의 위로랄까, 비웃는 입꼬리랄까, 그믐달의 한숨이랄까 그런 조각들이 튕겨지는 꼴을 보고 있노라면 지난 한 달이 주마등처럼 스치며 한동안 숙연해지곤 했다. 엄지발톱 깊은 구석에 이끼처럼 자리잡은, 어떤 냄새인 줄 알면서도 한번씩 킁킁거리게 되는, 가끔은 귀엽기도(?) 한 고 까만 덩어리를 후벼서 들어내고 나면 후련한 마음이 들기도 했다. 뭔 발톱을 그리 천천히, 비장한 얼굴로 깎느냐는 아내의 핀잔을 몇 차례 듣기도 했었지. 이제는 그러려니 한다.

"우리는 거짓말하지 않아요"
별안간 울려퍼지는 2.5배속 같은 목소리에 깜짝 놀라 고개를 들었다. 눈앞엔 TV도 없고 들썩이는 어깨도 보이지 않고 다만 에메랄드빛 하늘 아래 눈부시도록 연두빛의 초원만이 일렁거릴 뿐. 그 사이를 빨긇고 네모난 궁둥이가 씰룩거리다가 점이 되며 작아지고 있었다. 특유의 경박한 몸짓과 아담한 몸뚱이, 내 네놈의 얼굴을 잊지 않고 있노라. '1' 이노무 자식. 누가 시킨 것도 아닌데 어느새 지평선 속으로 스며드는 웃음소리를 놓칠세라 허겁지겁 달려간다. 엎어졌다 튕겨난 무릎 위로 빨간 꽃이 피었다.

　돌이켜보면 나에게도 1이 자랑처럼 무성했던 시절이 있었다. 1등, 1등급, 1인자가 되어 무언가에 일가를 이루는 내 자신을 당연하게 상상하며 도화지 위로 크레파스를 문질러대곤 했었지. 물론 그때의 순수와 희망의 힘이 있었기에 지금 이만큼이라도 성장했다는 사실은 믿어 의심치 않는다. 하지만 세상은 생각만큼 만만하지 않았다. 어딜 가나 잘난 사람은 있었고 스스로 빚어냈다고 생각한 무언가는 앞선 누군가의 아류인 경우가 대부분이었다. 결국 이 세계를 견뎌낸다는 것은, 빨갛게 힘을 주며 울어댔던 발가벗은 몸뚱이 위로 하루하루 무성한 숫자들을 덧입히는 과정이었고, 눈부신 노력의 성과라고 믿었던 것들이 순식간에 또렷한 숫자 하나로 치환되며 다른 누군가의 것들과 비교되고 폐기되는 잔인한 공정에 차츰 적응하는 과정이었다. 자산, 월급, 집, 차, 주식, 부동산, 교육...... 나이를 먹고 자리를 잡고 어엿한 모양새를 갖출수록 약속되었던 자유를 얻기는 커녕 이마 위로 낙인처럼 박혀버린 숫자들에 더 집착하고 그나마 위로받고 그 속에 숨는 일들이 많아졌다. 모든 것이 모호하고 불안하고 불합리한 것 같은 정글 같은 세상에서 그나마 객관적이고 정확하게 나를 설명하고 남들에게 제시할 수 있는 얄팍한 몇 개의 숫자들에게 나를 투영했고 마치 그것을 하나의 신처럼 추앙하고 있는 나 자신을 발견할 수 있었다. 하루라도 숫자들의 춤을 보지 않고 살고 싶었다. 아니, 1분 1초라도 숫자보다 나를 앞세웠던 적이 한번이라도 있긴 했었나.

1의 발자국이 끊긴 곳엔 조그만 땅굴이 있었다. 심연의 목구멍 같은 시커먼 그곳을 향해 주저없이 몸을 던진다. 그곳에는 무수한 발톱들이 종유석과 석순처럼 곳곳에서 돋아나 창살처럼 나를 가로막고 있었다. 꽤 오랜 시간 방치했던 탓인지 지독한 냄새와 곳곳에 낀 까만 때들을 마주할 수 있었다. 날카로운 발톱들의 지뢰밭을 피해 겨우 당도한 끝에는 커다란 거울 하나가 놓여 있었다. 한가운데 동그란 탄환이 박혀 있고 그 주위를 거미줄 같은 궤적으로 파편들이 둘러싸고 있는. 파편 조각 하나하나마다 다른 각도에서 나의 얼굴을 비추고 있었다. 그 중 한 조각이 비추고 있던 눈동자가 이상하게도 내가 움직여도 바뀌거나 옮겨지지 않고 계속 이쪽을 쳐다보는 듯한 기분이 들었다. 놀라 허둥거리던 내 발걸음에 채이던, 부서진 발톱 한 조각을 도구 삼아 거울이 있는 벽을 사정없이 내리쳤다. 누가 볼세라 떨어진 파편을 얼른 주워담아 윗옷 안쪽 주머니에 숨겨넣고 도망치듯 빠져나왔다. 가슴팍에서 빨간 자국이 뭉게뭉게 피어나는 것 같은 기분도 들었지만 상관없었다.

어느새 눈앞에는 숫자 친구들이 TV 속에서 손을 흔들며 다음에 또 만나자며 방긋이 웃고 있었고 어김없이 치카치카 안한다는 소리가 울려퍼졌다. 코를 킁킁 들이마시며 물티슈 위로 발톱 조각들을 주워담고 바닥을 훔쳐낸다. 9개. 무의식적으로 세고 있는 숫자에 매번 갯수가 한두개씩 빈다는 것을 눈치 채지만 열심히 찾지 않고 까치밥쯤으로 생각하며 들쥐 친구에게 양보하기로 한다. 몇 년째 내 발톱을 갉아먹어주길 기다리고 있건만 나타나진 않네. 네가 오기만 한다면 숫자밖에 없는 이 세상은 미련없이 넘겨주고 나 하나 알기에도 벅찬 머나먼 그곳을 향해 눈부신 모험을 떠날텐데.

생동성 시험 절찬 모집 중. 모집대상 들쥐. 블라블라블라...

둥글게둥글게

여기선 뽀로로 안나와?
하루종일 뉴스만 나오는 채널이야

그럼 저 사람들은 집에 안가? 아빠는 저녁에 오는데
다른 사람이랑 돌아가면서 출근하지

빙글빙글 돌아간다구? 출근할 때마다?

그런 세상도 좋겠네
부장님 손잡고 턴
빵빵 타이어도 들썩
전봇대 잡고 줄넘기
둥기둥기 짝짝짝

원 투
링가링가

업그레이드

오후 다섯 시 눈앞에서 껌벅거리던 로보트
거 변신합체만 하면 꼭 이름이 늘어나대
슈퍼울트라그레이트메가익스트림
엑스와이제트더뉴원투쓰리에디션
유후

기대하시라
나도야 변신한다

슈가프리글루텐프리프리저베이티브프리케미칼프리
디카페인디톡스논알콜논케미칼언솔티드제로칼로리
봤느냐, 순수하고도 무해하며 완벽한 이 결정체

들었어? 차가운 물이 암을 일으킨대
뭐라꼬? 언제는 뜨그븐 게 그렇다매
모르고 삼켰던 탄내는 이제 똥도 못되고 스멀거리는데

요즈음 잘 먹히는 거 말이죵

모난 거 다 갉아내도 뾰족해야 됩니다
김이 빠져도 톡쏘는
이가 빠져도 날카로운
살이 빠져도 볼륨있고
나사가 빠져도 돌아가고
거품이 빠져도 가격은 올라가버리는
빠져라, 놀랍고도 아름다운 우상향의 신화 속으로

깎아지른 절벽 아래로 애벌레들의 행렬이 이어진다
저 높은 곳에 눈부신 무언가가 있을 거라는 믿음
빨리 더 많이 더더 깔끔하게 더더더 새롭게
깎아내고 단련하고 정제할 것 그리고 남은 구멍은
질척이는 스티커, 휘황찬란한 수식으로 채울 것
하얀 가루를 뒤집어쓴 앙상한 다리 하나가
찢겨진 이름표들의 잔해 위로 굴러간다
얼른 뜨거워져라 제발 먹음직스러워져라
눈을 뗄 수 없어, 프리하고 프리티한 거울 속 나
언니 요것도 듬뿍 발라보세요
굳었던 걸 떼어내면 훨훨
어느새 쟤보다 먼저 꼭대기에 찍혀 있을 테니까

깨어나세요 용사여
지구를 지킬 시간입니다
위잉 치킨 위잉 치킨

엔진은 계속되어야 하기에

꿈과 희망이 가득한 모험 끝

마침내 우리가 완성시킬

견출지로 덕지덕지 빚은

통 속

간안하고도 가난한

눈 먼(盲)

디하이드로젠모노옥사이드* 한 마리

---

* 물 (H2O)

달과 肉펜스

어느 양철나무꾼의 이야기

진득하니 양말까지 다 젖었다. 형광펜이 칠해진 거리 위로 처박힌 수정테이프 한 마리. 아무리 세차게 발을 굴러보아도 감겨버린 노래는 다시 흘러나오지 않고. 움푹 패인 아스팔트 위를 밤새 서성거렸다. 엄마, 쟤는 날 좋아하나봐요. 이렇게까지 뛰쳐나왔는데도 어느새 따라와 있잖아요. 발등을 파먹는 슬리퍼의 눈을 하고서 넌 그렇게 나만 바라보고 있었지. 오늘의 넌 어떤 표정일까. 지금도 그날을 기억하고 있을까. 너를 찾기 위해선 휘청이듯 깎아지른 철근 절벽 사이를 열심히 헤엄쳐 나와야 한다. 시멘트로 빚은 나무들의 행렬. 미처 마르기도 전에 질펀하게 찍었던 너와 나의 발자국이 여기 한 그루 어딘가에 깊숙이 묻혀 있다. 가지 가지마다 뻗은 검은 이파리들이 지붕처럼 무성한 계곡. 물살이 턱까지 차오르면 관중석엔 하나둘 불빛이 켜지고. 이윽고 시작되는 핀볼게임. 골목마다 자리잡은 못. 걸려 넘어질 때마다 귓가에 울려퍼지던 건반소리. 딕, 굴러오면 튕겨내고. 띠딕, 떨어지면 날려버리고. 잘못했습니다 다시는 안그러겠습니다. 퍼런 빛깔이 퍼지며 부풀어오르고 접히고 꺾이고 떨어져나가고. 가빠지는 호흡을 가다듬으며 손에 잡히는 쇳조각 하나를 손목에 이어붙인다. 가는 철사로 덕지덕지 기워놓으면 비적거리며 기어나오는 테세우스의 파편 덩어리. 언젠가 회오리 바람을 타고 돌아온다던, 잃어버린 조각을 찾아 함께 떠나자던 너는 소식이 없네. 입꼬리를 올릴 때마다 갈라진 틈 사이로 기름이 새어

나오고. 흥건한 발꿈치 주위로 개미들이 줄지어 달려든다. 뾰족한 두 턱을 벌렸다 오므리며 가위질. 어느새 등 위로 새겨진 암각화. 거인을 쓰러뜨린 승전보를 기념하는 검은 줄들이 오와 열을 이루고. 운좋게 뇌까지 타고 올라간 녀석은 벌써 조종간을 꿰찼다. 삐걱이는 팔꿈치를 벌렸다 오므리며 도끼질. 무참히 늘어선 이 기둥들이 다 쓰러졌을 때 비로소 너를 찾을 수 있다고 했었지. 괜찮습니다 명심하겠습니다. 손톱만큼 갈라졌던 천장은 벌써 콧잔등 위로 세찬 싸대기를 날리고 있는데. 여느 때처럼 힘껏 휘두르고 발 딛고 뽑아내고. 참, 딛은 자리가 요상스럽게 딱 붙는 것 같더라니. 그토록 찾아 헤맸던 그날의 종소리가 여기 숨어 있었구나. 여전한 모양새에 기억은 매미처럼 날아와 붙고. 쓰다듬다가 끌어안았다가 입맞추다가. 손가락을 더듬어 올라가다 멈춘 자리엔 번뜩이는 날이 가슴에 박힌 채 헐떡거리는 녀의 얼굴이 있었다. 안돼, 미안해, 가지 마. 순간 등줄기를 적시는 한줄기 서늘한 빛. 여기야 여기. 틈을 벌리며 마침내 드러난 눈동자. 외마디 기합과 함께 노란 시선 속으로 나는 포위 당했다. 띡, 띠딕

　승인이 거절되었습니다

날잡아서

날잡아서
청소를 해야겠다

언제한번,
언제가 언제가 될지
한번이 몇번이 될지

뭐어때,
그땐 뭐였는지
넌 어땠는지

그만저만,
그만 쉴래
저만큼 따라갈라면

냉동실에 쑤셔박은 어제
제법 그럴듯해진 하루

번득이며 나를 노려보는 새책들과
검은 꽃을 피운 빵 속에 숨긴
꼬부랑 털 한 가닥

기다리고 있어
양옆엔 정장을 입은 두 남자가 앉아 있고
모두가 내 입술의 움직임을 관찰하고
받아적고
아무리 눈부신 햇살이 내 얼굴에 붙어도
반갑게 웃을 수 있는
그런

날
잡아서

먹어야지

내 마음에 렌즈를 깔고

꽤나 흐려진 모양이었다
안경을 맞추기로 했다

현실의 도수는
기대와 번번이 어긋났기에
초점이 희미한 오늘에 덧씌울
한 장의 유리조각이 필요했다

안경사는 하얀 소매를 걷으며
나의 한쪽 눈을 가리고
열심히 검은 무언가를 짚어주지만
딱히 그에게 해 줄 말이 없다

늘 99도쯤
누구든 움찔거렸단 봐

사랑했기에 모닝콜이 되어달라 빌었지
그만큼 진저리쳤던 그 목소리
지금 이쪽으로 칼 들고 오는 중이라는데

문제가 무엇입니까
(잘못된 입력입니다)
문제가 아닌 건 무엇입니까
(중복확인을 눌러주세요)
답은 정해져 있군요
(어서 모든 약관에 동의하세요)

방금 설치한 이 샷시
방음 방충 자외선차단 플러스 알파
탁월한 투명도를 자랑하는데요
보세요, 아예 없는 것 같지 않습니까
(착한 사람 눈에만)
투명하지만 존재한다는 것
아무도 볼 수 없지만 아무나 볼 수 있는
안과 밖 어디에도 뿌리내리지 않고
임금님의 옷장에 보란 듯이 들어가는
그 속에 얇게 저민 채 틈입되고 싶었다

기막힌 일이지
당연한 듯이 다들 벽에 들러붙어

엄연한 한 장의 창문으로
스쳐가는 풍경의 한 조각을 낚아 채
제각기 네모난 틀 속에 들이붓고 있다는 게

어느 밤 사이에 망치와 드릴을 휘둘러
태초의 정물인 듯 뽐내고 서 있게 된 건지
그동안 어째서 나는 자고 있었으며
(엄마 왜 안깨웠냐고)
눈 뜨자 낯설어진 이 회랑에
비집고 들어갈 틈이 아직 남아있긴 한 건지

나의 안녕은
누군가의 땀 위에 세워진 비석이라고
땀 흘리지 않는 내 곁에서
어떻게들, 안녕하십니까
안녕하지 못한 저는
안경하렵니다
뚫을 벽이 없으니
얼굴에 구멍을 내고 액자를 겁니다
차마 착하지 못해 덜렁거리던 기억을 지우고
50평대 한남대교 뷰를 그려넣어
엄지손가락들이 떼거지로 달려드는
아무나 볼 수 있지만 아무도 볼 수 없는
한 벌의 안경이 됩니다

그때까지 부디
안경하시길

홈, 스위트 홈

두집살림 중이다

몸을 담근 집, 조각 낸 과육은 락앤락통에
남긴 것들의 집, 발라 낸 껍질과 씨는 종량제 봉투로

 과호흡은 나의 고질병. 이곳은 거진 진공상태. 풍족한 가운데 내 폐에 맞
는 대기만 희박한 행성. 엄지손가락이 미친 듯 떨리면 발작은 시작된다. 양
손에 검은 사각형의 재갈을 물려 동공을 수축시킬 강한 불빛으로 진정시
킬 것. 모두 잠든 것이 확인되면 다용도실에 기어들어가 구겨진 봉지 속에
얼굴을 파묻는다. 몹쓸 것들이라며 도려냈었던 껍질과 씨를 앞니로 긁고
혀로 굴리고. 몽롱해질 때까지 후웁 뱉고 하아 마신다. 내 입냄새가 제일
맛나, 역시.

 어제는 집에 있는데 집을 잃어버렸다
 있잖아 저기 있던 노란 비닐
 버렸지
 응?
 그랬구나 잘했어 마침 나도 버릴라고 그랬후읍

하아하 잠깐 나갔다 올
계속 그렇게 나올 거야?
응?
¿%
0 1 0 7 .

집에게도 집이 생겼다
싹이나고 잎이나서 하나빼기
조 각 난 락 앤 락

木

幺 **自** 幺

木

아내가 눈치깼다
고래고래 너는 어느 집 사람이냐고
그러는 너는 그때 어느 집에서 나오던 길이냐고
헛바닥을 비집고 나오는 말을 꾹 눌러삼키고
고럼고럼 웅크려지고
웅크리다 못해 접어버리고 싶고
접히지가 않으니 식칼을 가져와
콧잔등에 갖다대어 꾹 눌러버리고

펄떡거리는 쪽을 아내에게 던져주면
그제야 아내는 흠흠거리며 컵으로 입을 가리고
남은 쪽은 냉장고로 깽깽 뛰어가
뜯어진 절취선을 얼음으로 치덕치덕 기우고
신발장 거울 앞에 으스대고 서서는
보세요 이것이 저의 단면도예요 한껏 뽐내고
왕복 10차선 사거리 한가운데 대자로
아니 칠(七)자로 뻗어 있으면
이윽고 검은 셰퍼드 무리가 구름처럼 몰려와 입을 맞추고
그러고나면 더 이상 손가락도 떨리지않고
흠흠거리며 신문지를 이마 위까지 덮을 수 있다

얼굴을 인식할 수 없습니다
다시 시도하세요

전나무 더 라운지

밥을 말아먹어도 허기질 때가 있다
그런 날엔 전나무숲으로 간다

햇살이 유독 나만 쫓고 있는 듯 했다
이곳은 깊고 어둡고 울창하고
해서 한동안 대벌레마냥 덩그러니 꽂혀 있을 생각이었다

낯익은 팻말 아래 돗자리를 깔면(인사는 생략한다)
상냥한 냅킨이 말을 걸어온다(테이스팅 하시겠습니까)
둥치에 붙은 메뉴판에 손가락을 갖다대면(까딱까딱)
서너 갈래 줄기 위 수많은 가지들이 촘촘히 뻗은 끝으로
백 살은 더 먹어야 맺힌다는 솔방울들의 이름이 보이고

톡, 어디메 낙엽 밑에 굴러다니던 쪼가리 하나 초스피드 대령이오
쪽, 뚫린 자리에 빨대를 욱여넣고 우물거리다가 혀 위에 둘렀다가 얼마간
삼켰다가
뭬, 털고 얼른 다른 자리로 갔다

여린 가지 사이로 아슬아슬 곡예를 타는 사람들이 보인다
바닥에 나뒹구는 사람 마침 떨어지는 사람
끝끝내 매미처럼 매달려 울고 있는 사람도 있었다
어떨까 저기서 머금는 싱싱한 열매의 맛은
손등으로 만든 챙을 뚫는 햇살은 눈부셨고 그 사이로
눈물의 꼭대기의 별의 지팡이의 과자의 리본의
반짝거림을 보았을 때 하마터면 소리지를 뻔 했지만
이내 고개 숙였다 어차피
내가 찾는 것은 누군가 이미 떨어뜨려 놓았다
할 수 있는 건 그저 까딱까딱
거 남들 침범벅에 다 썩어빠진 거 무슨 맛으로 먹누
지나가던 청설모가 한소리 했지만 뭐 상관없었다
난 저만큼 팔뚝이 두껍지 못하고
무엇보다도 지금 쫓기는 몸이니깐

가끔씩 혀에 착 달라붙는 나무를 마주치는 날도 있었다
메뉴를 정성스럽게 탐독한 다음 훌쩍 올라가
지는 못하고 발도장만 몇번 찍어보다가
언저리에 삐쭉 돋은 쪽정이에 입술을 들이밀었다
온몸으로 끌어안고 한없이 부비작거리면
위로부터 나무껍질 틈새를 타고 모인 하얗고 향긋한 액체가
꿀렁꿀렁 목구멍을 타고 넘어간다 뱃속은 물론이고
머릿속까지 실타래가 감기는 느낌- 얼마간 휘청이다가
이 집 맛집이네 인증샷 박고 배 뚱둥기며 나왔다

수없이 많은 별들 중에서 나를 만날 수 없는 건

너무도 당연해서 때로 서글픈 일이다 여보세요 거기 누구

변하지 않는 내 빛을 위해 노래를 불러줄 사람

종을 울려 줄 사람 입 쪽 맞추고 양말을 걸어 줄 사람

웅크린 내 어깨 위로 날아와 노크만 해 준다면야

삼십 년을 기다려 겨우 피워 낸 봉오리 하나를

하얀 냅킨으로 고이 싸고 금빛 리본으로 묶어

찐한 키스마크와 함께 간밤에 몰래 넣어두고 올 텐데

아무도 찾지 않는 바람부는 언덕

밤새도록 구덩이를 파다가 희희덕거리다가 빨개벗고 활개치다가

신고를 받고 급히 출동한 경찰에 의해 연행되었다

(이 모질아 뿌리도 없는 것이 워쩔려고 그런겨) *

집에 가선 밥을 두 공기나 먹었다

---

* 전나무: 소나무과의 상록 침엽 교목. 젓나무라고도 한다.
　　　　　식물학자 이창복이 전나무에서 젖이 나온다고 해서
　　　　　젓나무로 고친 데서 비롯되었다.
　　　　　암수한그루이며 열매를 맺으려면 최소 100년 이상은 되어야 한다.
　　　　　열매가 아래로 향하는 것이 아니라 하늘로 향해 우뚝 솟아있다.
　　　　　서양에서는 크리스마스 트리로 쓰인다.

力士, 歷史
낙안읍성 老巨樹 앞에서

밑동으로부터 솟아나는
수십 개의 팔뚝들
손바닥이 빚어지고
손가락이 펼쳐진다, 봄이 되면
풀빛 손톱이 돋을 것이다

무너져 내릴까 받친 하늘, 어언
오백 년
은행알이 맺혔다가 떨어지고
살갗은 터지고 아물었다, 흘러가는
기억의 무게가 버거와
발목이 흙 속에 잠기면
돋아나는 힘줄, 살붙어 굵어진다

오래 홀로 외로웠으나
이 시절도 뼛속 깊이 새겨질 것이니

구름아 호들갑 떨지 마라
뭐가 그리도 변했더냐
해마다 지붕 위 금빛물결만
가을 논논 퍼져가는 것을

깐뒤

선암사 등굽은 소나무 뒤편
해우소에 들어앉아
한 시인이 싸질러 놓았다는
징한 눈물 자국을 더듬는다

불알이 시원허다
언제 한번 희멀건 돌덩이 아닌 곳에
거먼 속을 내밀어 보았던가
한때는 내 안이었던 것들
바닥에 대가리 처넣고 그것도 모자라
쓸고 쪼개고 닦아 영영 보냈었는데

이렇게 또 마주하고 보니
그리 못난 얼굴도 아니다
아플까봐 무서웠는데 이렇게
동무들과 만나게 해줘서 고맙다고,
손을 흔드는 게 어째 섭섭키도 한 것이

'깐뒤'건 '뒤깐'이건 간에
무조건 까고는 싸기 바쁘게
뒤도 안돌아보고 먹어댔었지
속 이야기 한번 들을 새도 없이
채우고 버리고 채워지고 버려지고
빈 구석만 잡고 있을 뿐

홀홀하니 수선화 향내도 나는 듯하다
그도 여기쯤 꽁초를 비벼댔으려나
나는 비록 이렇게 가지만
너라도 남아서 어딘가 있을 시인에게
한 수 배워보라고, 詩처럼 살아가라고

한껏 배를 부풀려도 보는,
이름을 닮아서
오가는 바람마다 옷깃을 여미는
順天, 굽어진 노을 아래

고양이들의 나라로

전조등 불빛에도 떨었네
지나는 사람들 팔만 휘저어도
호기심 어린 눈동자와 마주했네
설마 그거 던지려는 건 아니지?

눈물의 역사를 나는 알지
누군가 세운 이 거리, 그들도 모르는
밤의 노래, 길 잃은 빗방울들의 삶을
나는 젖은 발과 함께 핥곤 했다

할머니 붉은 눈동자로 말씀하시는
건너편 빌딩 속에 노루가 뛰어다니고
어지러운 클락션의 파도 위로
해파리 떼가 빨갛게 파랗게 반짝였다던
그 때, 그 시절엔

저것들도 고양이였다지
뜬눈으로 어둠 속을 휘저으며

네 발로 기어 다녔다지
피 튀기며 날고기를 뜯어 먹었다지
쓰레기통을 뒤적였다지
우리는 두 발로 걸어 다녔다지

산이 무너져 강이 되고
금이 썩어 재가 되고
땅이 굳어 반짝거릴 즈음
고양이들의 나라는
그 언제쯤 다시 돌아올는지

도시의 먼지를 거두며
오늘은 어느 밤, 구석에서
한 줌 어둠을 껌벅일는지

이상하고 아름다운

집을 그려 봐

가로질러 매단 활
거기에 걸린 네모, 위 삐져나온 세모
밑으로 삐죽삐죽 서너 가닥
시간이 남으니 세모에 붙인 작은 사다리꼴

이런 것이 집이었던 적은 없다
바닥은 아랫집 할아버지 정수리 미끈
지붕은 윗집 아가씨 치맛자락 매끈
마당에선 빨간 숫자들 사이 침묵이 타들어가고
댈 곳 없던 루돌프는 올해도 딱지를 끊겼지
인터폰 속 산타의 멋쩍은 미소가 함께 하는 이 밤

박힌 적 없던 벽의 부스러기가 혀에 씹힌다
겪을 수 없는 아픔, 돋지도 않은 날개가 잘리듯
닿을 수 없는 기찻길조차 입맞추는 극점에선
한줌의 오로라만이 어지러운 꿈자리를 수놓고

엄마 파자마 냄새 같은 동화들이 전등불 아래로 떨어진다
착한 사람이 복을 받는, 진실된 사랑의 힘, 눈물의 기적
아무리 지독한 마법도 뽀뽀 한 방에 연기가 되어버리는
따뜻한 눈사람이 사는 마을로 우린 손을 잡고 날아가

한 스쿱 퍼낸 구덩이, 웨하스로 벽을 바르고
한 포대 젤리를 풀어 어린 것들을 던져놓는다
안돼, 쫓아오는 종종 걸음에 손 흔들며 문을 열면

이곳은 바퀴의 나라, 맞물리거나 갈아지거나
제 몫의 구멍 속으로 저마다 뾰족한 발을 담그는, 빙글
가로등을 지키는 자의 책무란 이 얼마나 고된지*, 끽끽
키만 한 장대로, 까치발로
구분동작으로
일천사백사십번의 저녁을
몸소 재현하는 일

유일한 낙이라면
팔을 내리는 그 잠깐의 시간, 바닥을 두드리며, 뚝
튀는 돌조각 하나 길섶에다 던지고, 딱
이내 손을 모으고 가만히 눈을 감고서, 나와라

* 송찬호 시 〈기록〉: 대체 서기된 자의 책무란 얼마나 성가신 일인가

와라, 넘치는 거품에 너나없이 번져버릴 순간이여
훌쩍 키를 넘긴 뾰족한 탑과
그 꼭대기를 향한 일천사백사십번의 돌팔매질
갈수록 좁아지는, 그래서 더 빨리 돌아가는
모난 행성 그 어디에도 몸을 누일 곳은 없다

시위는 이미 당겨졌다
얼마나 더 오목하게 수그린 다음에야
저 달나라까지 날아갈 수 있을까
뾰족하다 못해 날카롭게 솟아오른 지붕과
좁아지다 못해 가늘게 뻗은 벽과 벽
마당의 끝과 끝이 맞닿을 듯 구부러지면
마침내 조준 완료, 지금은 여행을 떠날 시간

이보세요, 거기 제 목덜미를 잡고 계신 분
그 손아귀에 힘 좀 어떻게 풀어주실 수 없나요?
입술이 터질 듯 팽팽하게 죄어오는 시간의 심지에
불이 붙었다, 피어나는 저녁연기

가로등 불빛 아래 펄떡거리는 줄의 조각과
쉴새없이 돌아가는 바퀴, 맞물리지 못해 갈아진
뭉툭한 그림자를 장대에 끼우고서
뚝딱거리며 집으로 가는 길

손바닥 가득 묻어 있던
돌조각들의 부스러기로 입 주위를 문지르고서
기침 한 번에 초인종을 누른다

잘 있었니? 선물이야
이상한 세상이지만 너만은 아름답게
날 수 있어 언제까지나 함께
일 순 없어 그러니까

안돼, 울면

4부

밑줄

오늘의 사연

어제는 그리도 무덥더니
오늘은 비가 왔습니다. 으슬으슬하더이다
나는 이런 변덕스런 날씨가 탐탁치는 않습니다
사람도 그렇지마는
이런 날씨로는 어쩐지 알 수 없게 되어버립니다
하늘을 보며 시를 쓰기가 조금 뭐해집니다
어제 쓰던 시에 묻은 찐득한 땀이 오늘은 장난인 것 같아
왠지 찜찜합니다. 남한테 보여주자고 쓰는 건데

별 한 점 없는 주제에 밤하늘이
왠지 나에게 낭만을 강요하는 듯해서
기분이 썩 좋지는 않습니다
이런 날엔 고개를 들기도 어려워
그냥 멀찍이 눈을 흐드러뜨릴 뿐입니다
괜히 펜을 쥐었다가
한쪽 눈이 이상한 고양이 한 마리를 그리고 말겠지요
나는 그놈에게 줄 생선이 없기에 아예 펜을 쥐어선 안 됩니다

이 곳, 삼례의 땅과 하늘은

나란히 엉덩이를 맞대고 있는 것이 참 재미있습니다

그 엉덩이 사이로 길게 노란 불빛들이 늘어져 서 있습니다

저 속엔 사람이 살겠지요

나처럼 안 써지는 시를 붙잡고서 눈을 끔뻑이는지도 모릅니다

저 불빛들 중 하나가 우리 기숙사의 불빛을 바라보면 좋겠다고

나는 생각해봅니다

거기에 외로움에 젖은

아리따운 아가씨의 노랫소리라면 바랄 것도 없겠지요

나의 빛과 너의 빛은 서로를 바라보며

달빛을 따라 음악이 흐릅니다

또다시 끝도 없는 나의 상념은 이 밤을 헤매다

그 소리에 앉아 불빛을 향해 그녀에게 다가갑니다

이름도 없이 조용히 잊혀져가던 아픈 이야기들만이

우리의 이 밤을 적셔줄 겁니다

밑줄

나나나냐너너 너 너　　너　　너────────

빗줄기를 뚫고
사이렌이 지나간다

그땐
너라면 다
그어버려야 되는 줄 알고

하늘거리는 뒤꿈치에 매달려
한없이 나부끼는 일은
은행나무 밑에 널부러져 있다가
동전을 줍는 순간의 연속이었다

달력 위로 눈송이가 쌓이고
색색의 꽃들이 듬성듬성 피어났다

너라고 가리켰던 그 자리엔
어느새 퍼렇게 빛나는 그림자만이
덩그러니 번져가고 있었다

똑바로 말해
내 필통에 그런 색깔은 없어

자까지 대고 있잖아
뭘 멍하니 보고만 있는데

손가락을 깨물어서라도
레드카펫을 깔아줄게

팔이 너무 저리다
덮고 뭉개고 찢어도
보란 듯이 피어나는

밤새 붙잡고 달달 외웠는데
눈 뜨면 다른 과목 시간

그 많던 펜들은 다 말라버리고
잉크로 범벅이 된 창밖으로
어떤 것도 볼 수가 없다

참으로 즐거웠노라
그토록 너를 중얼거렸건만
너를 읽었던 기억은 없다

독주회

조명이 켜지고
두 사람이 마주 앉는다
동시에 손을 얹으며 시작되는
환상의 연탄곡

하나는 노란 불빛, 둘은 검은 뚜껑 속
하나는 드레스, 둘은 열 손가락
하나는 몸을 들썩이고, 둘은 손만 흔드는

그녀가 더 이상 아프지 않기를 바란다
그 아픔이 손톱을 타고 건반을 지나 고스란히
고스란히 건너편의 암흑 속으로 날아가버리기를
줄을 퉁기다 흩어지는 바람결에 부서지기를

가끔은 정수리를 덮고 있는 오선이 창살만 같아
파들거리는 손목을 향해 온몸을 던지면
염소의 탈을 쓰고 꽃다발을 들고
나귀를 타고서 수탉의 목을 쥐고서

새벽이 올 때까지 계속되는 우리들의 춤

이곳에서 그녀를 듣지 않고 있는 단 한 사람
그럼에도 가장 사랑한다고 말할 수 있는 사람

반짝이는 드레스로는 들을 수 없지만
마주 선 거꾸로의 세상에선 볼 수 있는

그 노래를 몸짓을 드리워진 안개를
사랑한다, 아니 질투한다
저주한다

조명이 꺼지고
향기만 남은 그림자에 두 발을 포개어 쭈그려 앉으면
마침내 입술에서 재생되는 그녀의 메아리
등 뒤에 서면 비로소 시작되는

혼자만의,
찬란한,

스물

눈을 뜨니 볼때기에 엔터키가 붙었다
역 이름을 찾아 전광판을 쪼고 있는 눈길
커피를 홀짝이다 이 나간 잔에 입술을 할퀴고
되지 않는 연결을 확인하려 또다시 연결
헛바닥을 휘감던 향기 속엔 비린내가 스몄다
한 올 바람조차 곁에 머물 리 없건만
덜컹이는 창틀에 혹시나 손을 내밀던
깊은 숨에 반짝 빨간 빛을 뿜었다가
한 떨기 잿더미만 꿈틀거리던
지금은 다 타 버린 더듬이의 시간

내일은 냉장고를 보러 가야겠어
천장을 부수고 있는 코끼리도 재울 수 있는

네모필라*

간만의 통화에
흩어진 기억을 움켜쥐자
뭉그러진 별빛, 아프도록 눈비비던 그날의
호수 위로 네가
네가
떨어졌다, 울렁거렸다, 아스라이
가라앉았다. 먼 듯이—

불이 났다고 했다. 그 안에
네가 있었다고 했다. 살아도
산 것이 아니라 했다. 손은
심이 되어 버리고, 미소는
침이 되어버렸다. 아니야
아닐 거야, 깎으려 해도 깎을 수 없고
놀리려 해도 놀라지 않는 삶이란

---

* 네모필라: 한 여인이 남편을 기다리다 불에 타 죽은 자리에 피어난 꽃.
　　　　끝없는 그리움.

숙연한 것. 지금 네가 캉슝계곡 어딘가에서
달빛 고드름을 조각하고 있을 것만 같아, 왠지 모르게
뒷걸음질 쳐졌다. 고드름처럼 깎아
허벅지를 마구 쑤시고 싶었다. 어느새 손에는
기름 한 통이 쥐어져 있다. 아니야
오해야, 그렇게 보지 마
말없이 그림자를 죄는 눈짓-

그날은, 밤새 스케치북을 뒤진 끝에 찾아낼 수 있었다
석고 아그리파 뒷장에, 연필로 휘갈긴 그림 속-

등허리에 쭉 붙어 있었던
지나가는 놈들 다 툭툭 치고 가도 모른 척했던
나 혼자, 혼자서만 잊은 줄 알았던
그날의 호숫가- 내 머리에 별을 꽂아 주었던
건져내 줘도 나온 줄 모르고 한참을 어푸거리던
놀려대면 지구 끝까지라도 잡으러 왔던
뜯어진 문짝 밑에서 혼자서 몇십분이고 떨었을
그렇게 아프도록 부르짖었을
오늘도 캉슝계곡의 고드름을 신나게 따 먹고 있을
지 생각하는 줄도 모르는

너를,

못

나는 너에게 안겨 있었고
그만큼 너는 아팠다

대가리 터지는 아픔으로
사정없이 쥐어뜯는 발길질에도
말없이 너는 패여 갔다
쿵쿵, 울먹일 뿐이었다

어느새 머리가 다 슬었다
이 가녀린 목으로
숱한 한숨들을 짊어졌었지

그땐 미처 알지 못했었네
그저 내 목만 빠지는 줄
그 부들거리는 몸을 다 받쳐준 줄은
그 뾰족한 말들을 다 받아준 줄은

우린 항상 함께였지

끝내 나는 너를 알지 못했고
너는 그런 나만큼 너를 잃어야 했다

내 다리에 얽힌 너의 부스러기와
그를 소중히 쓸어 담는 너에게 새겨진
내 삶의 거푸집이여
그마저도 보지 못하고 돌아서는,

못, 난-

하필

하필 그때

너를 보았을까
너만 보였을까

보기만 하지, 생각했을까
생각만 하지, 그리워했을까
그리워만 하지, 만나려했을까

하필이면
너를

알아서
앓아서

337번 버스 발통자리 카바는,
내가 다 뜯어놓았다

그대가 책이라면

그대가 책이라면
나는 그 몇 페이지쯤 기록되어 있을까

싱그러운 미소 포근한 두 뺨 위에 머물 수 있다면
네 이름자 새겨진 등 뒤로 다가가 살포시 안아준다면
꿈틀대는 날개 곁 너의 이력에 단 한 줄이 될 수 있다면
아무도 쉬이 찾지 못할 너만의 보석함 속에 숨을 수 있다면

그 무엇이라도, 너라서 좋지만
그 무엇보다도, 너에게 난
새벽빛 이슬에 영그는 잎사귀로 빚은
한 장의 책갈피이고 싶다

날선 귀퉁이에 손이 베일지라도
물에 빠져 잉크가 번질지라도
책장 구석에 처박혀 고개를 묻는대도
한 장 한 장 찢겨나가 아파할 때에도

손때 묻은 옆구리, 지나간 흔적들을 더듬으며
언제라도 네가 길을 잃지 않을 수 있게
말없이 손을 이끌고 휘적휘적 걸어 나갈
한 줄의 기도이고 싶다
어둠 속의 별자리이고 싶다

네가 책이라면
나는 네 안에 새겨지기보다
삐져나와 이따금씩 나풀거리는
한 칸의 멜로디로 남고 싶다

휘리릭 흘러가는 시간들 사이
잠깐, 환한 웃음으로 맞는 정적
온몸으로 쓰다듬는 머뭇거림으로

사랑한다 사랑한다
터질 듯한 이 맘 꼬옥 눌러 담은
손톱만 한 이 공간 속에서

그렇게 부대끼며 살아가는
너의 오늘이고 싶다, 꿈꾸는
내일이 되고 싶다

반지

늘 함께 있고 싶어요
그대 손길 가는 곳
눈길 머무는 곳에

꼭 맞는 사람이고 싶어요
비록 우리 떨어져 있었지만
마치 한 몸이었던 것처럼

나만 바라봐 주세요
그대 따스한 품에 안겨
홀로 반짝이는 별빛이고파

가끔 거치적거린다면
다른 곳에 놓아두셔도 좋아요
잊지만 말아 주세요

이대로, 그대 안에서, 영원히
설령 쓰레기통에 버려져

그 자리가 다른 이의 몫이 된대도

한순간이나마 그대 일부였음에
그렇게 영롱하였음에
이토록 감사할 수 있는

내 이름은
사랑입니다

숨

너에게선 갓 구운 토스트 냄새가 난다

프로방스의 언덕이었다
시쓰는 목동과 꿈꾸는 스테파네트-
어쩌다가 너는 지상으로 내려오게 됐는지
하필이면 그 중에서도 가장 하찮은 내 어깨 위로 떨어진 건지
이런 내 곁에서 너는 과연 행복한지
저린 팔을 추스르며 네게 묻고 싶었다. 그리고 움직거리는 눈꺼풀
소녀여, 얼마나 눈부신 별들을 그대 감은 호수 속으로 헤어 놓고 있느뇨

적막과 초침소리, 이어지는 심장소리 뿐이었다
이대로 모든 게 끝나버릴 지도 모른다는 불안감
혹은 이미 끝나버렸을 지도 모른다는 두려움
안개 속에서 멱살을 쥐고 달려드는 막막함에
젖은 밤을 헤치고 어딘가로 숨어버리고 싶었다
굳게 닫힌 문- 저 너머에는 과연 무슨 일이 벌어지고 있는지
손톱을 뜯었다. 당최 나는
무슨 생각으로 이 우거진 숲을 시뻘건 몸뚱이로 활보하고 있는지

온몸이 간지러웠다. 순간

네가

내 안으로

파고들었다

그래, 다 알겠다는 듯이
숨을 쉬고 있었다. 가만히
자장가를 들려주고 있었다

아무렴
지금 세상은,
적어도 두 명은 생존해 있는 셈이니까

전주천에서

내가 버거운 날이었다

내다 버려진 구두짝만 같아서
그냥 좀 걷고 싶었다

별도 없다
반짝였다 뭉그러지는 저건 무언지
공연히 눈을 비볐다가 한걸음을 놓곤 했다

버드나무 젖은 머리칼을 말리고
기대 선 가로등 얼굴을 붉힐 때
여기 한 사람 눈 감고 멀뚱히 섰다
무엇을 위해 바람은 이토록 세차게 이는지
어디를 향해 냇물은 밤도 없이 걷고 있는지
어떻게 해야 이 빈 마음은 채워질 수 있는지
어째서 너의 사랑은 내겐 늘 부족한 건지
나는 과연 너에게 필요한 존재인가를

묻고 싶었다. 터지는 비누 냄새
웅성대는 갈대숲뿐이었다
끝없는 물줄기와 쏘다니는 사람들
저마다 지저귀는 휘파람 소리가
노오란 물결 속으로 숨어들었다
덩달아 나도 그 속에 파묻혔다

나는 이제 한 덩이의 다릿돌, 그리고 저 멀리
너를 닮은 하얗고 매끈한 다릿돌 하나
어느새 우리가 만들어 놓은 징검다리

그래, 꼬옥 붙는 애절함이 아니래도 좋다
같이 물살을 나누는 그 속삭임이라면
없는 듯, 없어서는 안 될

그대와 함께라면

하품

네가 모자랐나보다

솔직히 말해서, 아무렇지도 않다
이거 봐, 이렇게

입 쩍 벌리고, 네 이름 부르려던 거 아니고
손까지 가리고 두드리면서, 튀어나온 소리 막은 거 아니고
남은 팔 뻗어 만세 부르며, 목멘 거 아니고 맬 것도 아니고
눈도 흠씬 비비고 있잖아, 거 아니라니까 참

내가 모자랐나보다, 어쩜
아직도 난, 이렇게

하품,

가로등

밤을 먹는 키다리
한나절 머금은 햇살만 불어놓고
고대로 밤을 삼킨다

고개만 까딱 숙인 채
한뼘만큼 입을 벌리고
책상 밑 몰래 뜨개질하던
박하맛 스웨터 하나 한껏 풀어놓으면

아기새는 젖은 날개 끌고서
동그란 새벽의 틈을 찾아
빗물처럼 굴러갈 것이니

그 때, 배부르더라도
조금만 더 마셔주려무나
밑창에 들러붙어 점점이 피어나던
그 날 그 속삭임들을

기타를 치는 시간

젖은 그림자를 끌고서
흔들거리며 동아리방으로 향하는 지금은
기타를 치는 시간

비가 부슬부슬 내리고 있었지
제목도 가사도 모를 어느 멜로디를 읊으며
어둔 복도를 더듬어 바다 냄새가 나는 방으로 들어갔어
어질러진 가운데 홀로 앉아 기타를 끌어안는 꼴이란
내가 기타를 치는 건지, 기타가 나를 치는 건지-
그래, 앰프는 켜지 않아도 좋아

너의 입술을 닮은 분홍빛 피크를 잡고
현을 문질러가며 크로매틱을 시작한다
몽롱한 가운데 홧김에 뱉어버렸던 가래침 같은 말에
이제는 너무 어색해져버린 그 입술과
말없이 고개를 수그리던 수그리던 수그리던
그리고 흔들리는 눈동자- 아, 손가락이 너무 아프다
뒤틀리는 손목이 꼭 누구를 닮은 것만 같아 화가 났다

나는 왕초짜 기타리스트- 너무 성급했었는지도 모르지

딴에는 악보를 본답시고 책에 코를 붙이고서 피크로 현을 주무르고 있었
다- 어쩌면 너무 꾸물대어서인지도 몰라

아, 타브도 기타도 일직선인데 악보는 흘러 다니는 구나

쉽게 풀릴 거라 착각했던 내 손가락만 아파왔다

그대로, 이렇게, 너는 멀리서-

기타소리가 유난히 너의 목소리를 닮은 지금은,

기타를, 치는, 시간

사람은 사람을 생각한다[*]

사람이
사람을 생각한다는 것은
얼마나 아름다운 일인가

이 순간
꽃과 나무가 끊임없이 다른 꽃과 나무를 부르짖는 이 때

나는 다시 너를 그리며 흐르는 별 하나를 잡고
떠다니는 구름 한 덩이를 흔들고
나부끼는 달빛의 치맛자락에 붉어진 볼을 대어본다

어느새 나의 눈동자 속엔 네가 들어와 있었다

빛나는 별들조차도 무심하다. 나는 가만히 눈을 감아서
아무것도 모르고 활짝 웃고 있을 너를 몰래 가둬두려 하였다

정말 깊숙이 박혀서 눈을 떠도 네가 새어나오지 않을 때까지

---

* 한영옥 시 〈사람은 사람을 생각한다〉

그 때까지,

이렇게 가만히

우리 공주 사랑해요

Sian Siyul Song

샨율이네 작사, 곡

♩ = 115
스윙 (♪♪=♩♪)

우리 시 안 공 주 는 / 너 무 너 무 예 쁘 고 요
시 율 / 맘 마 도 너 무 잘 먹 고 요
치 카 치 카 도 잘 하 고 요

우 리 시 안 공 주 는 / 너 무 너 무 사 랑 스 러 워
시 율 / 호기심 많 은 애 교 쟁 이 죠
반 짝 반 짝 이 가 빛 나 요

엄 마 아 빠 에 게 예 쁜 아 가 야 / 모 든 사 람 에 게 사 랑 을 받 아 요
엄 마 아 빠 에 게 예 쁜 아 가 야 / 모 든 사 람 에 게 사 랑 을 받 아 요
치 카 치 카 를 안 하 면 벌 레 가 생 겨 요 / 벌 레 가 생 기 면 아 야 아 야 해 요

듬 뿍 듬 뿍 사 랑 을 나 눌 줄 알 지 요 / 시 안 공 주 사 랑 해
엄 마 아 빠 에게 와 줘 서 고 마 워 요 / 시 율
우 리 우 리 공 주 는 치 카 를 잘 해 요 / 윗 니 아 랫 니 앞 니 어 금

요 / 사 랑 해 요 시 안 공 주 (빰 빰)
시 율
니 (반짝 반짝) / 윗 니 아 랫 니 앞 니 어 금 니 (반짝 반짝)

올리브 비둘기
Dove Olive

이마냥 작사, 곡

검은 바다 위 하얀 하 늘 나는 외로운 비 둘

기 갈 곳 도 머물 곳 도 없 건 만 난 새

삶 을 찾 아 날 아 야 해 까닭 모를 막연함에 눈 물 짓

고 끝없 는 비 행 에 날개 접고 싶 지 만 이 너른

세 상 엔 나 혼 자 뿐 이 너른 세 상 엔 나 혼 자 뿐

달 콤 한 열 매 가 그 리 워 도 꿈 같 은 날 그 리 워 도 현

실 이 된 날 들 이 두 렵 고 여 린 가 지 위 에 라

데생

Dessin

이마냥 작사, 곡

2

는 저 가 로 등　　　　구 름 은　　보 랏 빛 색 종 이 에

마 구 그 려 진　　　그 리 운 입 술 을 닮 은 넌 장 미 한 송 이

장 미 한 송 이　　　예

*김광균 시 〈데생〉에서 모티브를 얻음.

동심과 시심 사이의 경계, 그 예리한 감각

정 독*

 동시는 동심을 담은 시라고 표현해도 좋을 하나의 문학 장르이긴 해도 그 '동심'은 과연 동시만의 것일까에 대한 물음표가 항상 남을 법한 분야죠. 다만 주된 독자 연령층이 성인인가 또는 그렇지 못한가를 놓고 성인시와 동시를 구분하는 게 오히려 더 적절해 보이는 까닭은 단순히 시어의 나열 정도이거나 추구하고자 한 정서의 폭과 깊이에 따른 것으로 보는 게 맞겠습니다.

 이마냥의 시집 〈출동 다이뻐맨〉은 정확히 말해 성인시들을 다룬 책이요, 그에 걸맞은 정서와 울림을 전해주는 시집임에도 동시들이 갖는 '동심'의 한 언저리를 빗댄 표현들과 몇몇 시편들을 함께 담아냈습니다.

 그렇다고 해서 이 시집을 동시라고 표현하기엔 매우 적절치 못한 게 훨씬 더 많은 성인시들이 군데군데 포진해있기 때문일 테고요. 총 65편의 시들과 세 곡의 악보들(히든트랙)을 잠시 훑어본다면, 이 시집이 갖고 있는 세월의 무게만큼은 오롯이 전달될만한 인생의 무게를 갖는 편이요 마치 영화 'Wall-E'에서 느껴봄 직한 그 어떤 감정에 관한 것들입니다.

---

* 정 독: 평론가. 저서로 단평집 〈83일 동안의 짤막한 여행〉(2023, 퍼플)이 있음.
현재 '시와 지성' 동인으로 활동 중.
블로그 dante21.tistory.com

아내가 말하길 어젯밤엔 잠꼬대로 계속 애들 이름을 부르면서 뭐라 뭐라 중얼거리더란다. 평소 꿈자리가 사나울 때면 수능 치는 꿈이나 군대 꿈을 꿔왔던 터라 비록 이 몸뚱아리는 노쇠할지언정 무의식의 세계는 언제나 스무 살 저 언저리쯤이구나 자부해왔던 터인데, 꿈속 세상도 나와 같이 나이 들어가고 있었구나, 꿈나라에서마저 육아의 고단함과 씨름하고 있구나 싶어 우습기도 하고 씁쓸하기도 했다.

꼭 그렇지도 않다는 걸 이젠 안다. 그곳은 덮어쓰는 세상이 아닌, 차곡차곡 쌓여가는 세상이므로. 뿌듯하고 짜릿한 순간도, 몸서리칠 만큼 부끄러운 순간도, 열 살의 나도, 스무 살의 나도, 서른 살의 나도 여과 없이 나름의 색깔과 질감으로 기록되며 쌓이고 있다.

- '여는 말' 중에

첫 시집*을 엮는 벅찬 마음도 고스란히 느껴질 법한 서문에서 시인은 "덮어쓰는 세상이 아닌, 차곡차곡 쌓여가는 세상"을 직시합니다. 또 이는 "여과 없이 나름의 색깔과 질감으로 기록되며 쌓이고" 있는 스스로에 대한 자각이기도 하죠.

그렇다면, 제아무리 동시 풍의 분위기라 해도 이들 역시 시인의 현재와 별반 다르지 않거나 또는 현재를 구성하고 있는 엄연한 일부임을 함께 인식해둘 필요가 있겠습니다.

그러니까
이제 그만 우리

---

* 이십 대에 시집을 냈던 경험이 있긴 하지만, 당시 실었던 시들과 그 감정이 이곳에도 이어지는 연유로 이 책을 명실상부한 나의 첫 시집으로 명명하고자 한다. (지은이 주)

힘을 합쳐
고약한 세균맨을 무찌르러
함께
출동해볼까요?

- '출동 다이뻐맨' 중에

시집의 1부에 속한 18편의 시들은 주된 독자층으로 '동심'을 염두에 둔 것 같은데, 그밖에도 〈결혼기념일〉과 〈사진〉 그리고 〈조금만 낮춰보면〉 등에서는 그 대상이 비단 '동심'만이 아닌 가족들 전체와도 관련이 있음을 알아챌 수도 있겠습니다.

나는 발가벗은 몸으로 고래의 살찜에다가 또다시 진한 손톱자국을 남기게 되진 않을까
내 핏줄 속에 조용히 흐르고 있는 -그 옛날 할아버지가 즐겨 먹었던
- 쫄깃한 지느러미의 세포가 하나하나 되살아나
내게 아가미가 생기고 지느러미가 튀어나오지는 않을까
그렇게 내 엉덩이에 내 아들들의 손톱자국이 남게 되지는 않을까
강물이 넘실거리고 어쩐지 엉덩이가 근질거렸다

삼천년 후엔 이 땅에도 고래가 헤엄쳐 다니게 될까

- '고래化' 중에

잘 짜여진 시 한 편인 '고래化'를 다시 읽어본다면, 이 정도의 대목에선

이른바 '연혁' 내지는 '내력'을 떠올릴 법한 부분이 생깁니다.

　나는 "발가벗은 몸"이지만 결국 "핏줄 속에 조용히 흐르고 있는" 그것을 발견해내며 또 그것이 "아가미"나 "지느러미"처럼 육화되었다가도 또다시 내 "아들들의 손톱자국"으로 연결된 심상은 가족들 전체의 연결고리를 암시하게 되는 대목일 테죠.

　즉 시인의 과거와 현재 또 미래는 물론이거니와 할아버지와 나 또는 내 아들들까지 연결된 그것은 일련의 '가족시'처럼 어느 한 연대기에 관한 통찰이며, 시인 스스로가 밝힌 "차곡차곡 쌓여가는 세상"을 드러내기도 합니다.

　그렇다면 시인에게서 가족들 전체가 갖는 부분은 예전에 T. S. Eliot가 말했던 그 '전통과 개인적 재능 Tradition and Individual Talent' 중에서의 '전통'에 속하는 성격임도 쉽게 이해할 수 있겠습니다.

　즉, 이는 '개인적 재능'과는 전혀 별개로 늘 상응하며 존재하는 반대편을 상징하는 것일 수도 있겠고 또 아니면 그것 자체가 곧 '개인적 재능'의 다른 한 면일 수도 있겠죠.

　이에 대한 궁금증은 나머지 시편들을 통해 마저 읽어보도록 합니다. (아마도 앞서의 간판을 '동심'이라고 한다면, 뒷부분은 '시심'에 해당되는 성질일 것으로도 보기에)

　　너의 소문을 들었다. 몇 번의 지난한 변신을 거쳐, 명품 선글라스에 호피 코트에 벤츠를 타고 날라다니는 걸 보았다고 했다. 됐어, 기억도 안 나는 걸. 돌아서 밤새도록 연필을 깎았다. 씨발, 아직 난 거기 그대로 앉아 있는데. 이놈의 꼬리는 떨어지지도 않고 살랑거리는데. 왜,

뭐, 어쩌라고. 낙엽더미에 올라 신나게 밟다가 뛰다가 아그작거리다가 일어나면 등이 다 시큰거렸다. 양치를 하고 지우개똥을 한뭉텅이 털어넣는다. 헤헤, 제발 오늘은 만나지 말자.

- '팔딱팔딱' 중에

2부에 실린 〈시〉, 〈즐거운, 고해〉, 〈뚝〉 그리고 〈젖〉과 〈안주일體〉 등은 공통적으로 시어의 왜곡과 변형 그리고 그것들을 통한 '낯설게 하기' 내지는 언어유희를 자극하는 심상들이 그득한 편입니다. 다소 언짢게도 들릴 법한 이들을 굳이 들이민 까닭은 또 무얼까요?
시인이 지향하고자 한 '시심'은 어떤 성격을 갖기 때문일까요?

끝끝내 잠잠한 수평선을 앞니로 끊어버리며
어딘가 가라앉아 있을 너의 목소리를 향해
엉덩이를 던진다 나의 바닥과 너의 바닥을
맞대어본다 콧속까지 잠겨버린 너의 바다
두 구멍을 동시에 관통하려 몸부림치는
헛도는 혹은 밑빠진
이을 수도 채울 수도 없는
틈 안에서 또다시 나는 벽을 향해 질주한다

- '이것은 시가 아니다' 중에

어쩌면 시인이 일부러 구겨버린, 혹은 마치 종이를 찢듯이 휘갈겨댄, 시어들을 통해 정작 던지려고 한 메시지들은 현 문단, 현 시작의 행태들, 또는 기존 시의 관습들과 이미지들이 빚는 고정관념 따위를 의미하는 건 아닐까 하는 궁금증이 듭니다.

특히 의미심장하게도 '이것은 시가 아니다'고 말한 연유 역시 그 고통의 몸짓들을 한껏 드러냄으로써 이게 단순한 치기 차원이 아닌 시인의 '경험'에서 우러나온 얘기임을, 그래서 더 현실적임을 역설적으로 강변하고 있는지도 모를 일입니다.

어쩌면 이 대목에서 이마냥 시인의 한 '특징' 내지는 문체를 발견할 수도 있겠습니다. 즉, 비꼬는 시어와 뒤틀린 심상을 통해 정작 시인 스스로 고통스럽게 여긴 '경험'들을 좀 더 작위적이게 나타내는 한편 그 일그러진 심상을 도로 펴내는 독자들을 향해 정작 '현실'은 이렇다고 말하고픈 심경들은 아닐까로, 그것들을 짐짓 훼방해보려는 시도들을 통해 간접적으로나마 그 시인이 겪은 고통들을 다른 파장으로 전달하려 한 건 아닐까로도 추측해볼 만한 대목일 것 같군요.

터진 입술을 밥먹는손으로 아무렇게나 훔쳐내고
새끼손가락으로 검은 화면에다 화살표를 그린다

기어이 성대하게 치러질 우리의 소풍을 향하여
막다른 골목에서 꿈뻑이며 나를 기다리고 있을 초록불을 향하여
어디에도 꽂히지 못한 채 부러지고 만 서러운 나의 언어를 향하여
저기 미래에서 내 이름을 외치고 있을 그리운 파란 친구를 향하여

덜렁거리는 사이드미러를 뽑아다가

뜯어진 딱지처럼 흐물거리는 그 붉은 자국 위로 포개어 본다
불나방처럼, 중얼거리고 있었다

사물이
보이는 것보다
가까이
있음

- '悲, 공간' 중에

전반부에 소개된 '동심'의 세계와 중반부 이후부터 전개될 '시심' 사이에서 시인의 칼끝은 결코 뭉툭하거나 무딘 편도 아니기에 그 끝이 과연 어디를 향하고 찌를 것인지 멈칫하는 순간들조차 느끼게 만듭니다. 이렇게 벼린 칼날이 위태롭게 서 있는 경계, 즉 '동심'과 '시심' 사이의 심연에서는 그토록 가파른 운명이 어떤 절실함을 향해 치닫는가를 되묻게도 만듭니다.

나의 안녕은
누군가의 땀 위에 세워진 비석이라고
땀 흘리지 않는 내 곁에서
어떻게들, 안녕하십니까
안녕하지 못한 저는
안경하렵니다

- '내 마음에 렌즈를 깔고' 중에

〈달과 肉펜스〉 그리고 〈홈, 스위트 홈〉 등을 포괄하는 3부에 이르러 시인의 예민하고도 날카로운 감각은 어떤 한 상징을, 어떤 한 그리움에 관한 정서를 솜씨 있게 다루어놓습니다. 다소 난해한 편인 이들 시에서 그 신경세포들은 때때로 이글거렸거나 혹은 날렵한 비행으로 "깊숙히 묻혀 있"던 발자국을 찾고 "비로소 너를 찾을 수 있다"는 희망까지도 품어보려 합니다. "날이 가슴에 박힌 채 헐떡거리는 너의 얼굴"과 "한줄기 서늘한 빛"이 드러낸 이미지들은 그 희망의 잔혹스러움을 여과 없이 투영해낸 말들이기도 합니다. "승인이 거절"될 만큼요.

그렇다면, 정녕 시인이 말하고픈 바는 어디쯤을 가리키고 있을까요?
더욱더 흥미진진한 (혹은 정작 더 궁금한) 풍경들을 그려보는 시간이 좀더 필요합니다.

　　　　이곳, 삼례의 땅과 하늘은
　　　　나란히 엉덩이를 맞대고 있는 것이 참 재미있습니다
　　　　그 엉덩이 사이로 길게 노란 불빛들이 늘어져 서 있습니다
　　　　저 속엔 사람이 살겠지요
　　　　나처럼 안 써지는 시를 붙잡고서 눈을 끔벅이는지도 모릅니다
　　　　저 불빛들 중 하나가 우리 기숙사의 불빛을 바라보면 좋겠다고
　　　　나는 생각해봅니다
　　　　거기에 외로움에 젖은
　　　　아리따운 아가씨의 노랫소리라면 바랄 것도 없겠지요
　　　　나의 빛과 너의 빛은 서로를 바라보며
　　　　달빛을 따라 음악이 흐릅니다

또다시 끝도 없는 나의 상념은 이 밤을 헤매다
그 소리에 앉아 불빛을 향해 그녀에게 다가갑니다

이름도 없이 조용히 잊혀져가던 아픈 이야기들만이
우리의 이 밤을 적셔줄 겁니다

- '오늘의 사연' 중에

비록 어눌한 말투로 짐짓 너스레를 떨지만, 시인이 지향하는 바는 비교적 분명해집니다.

그 '전망'에 포함될만한 요소들로는 "엉덩이를 맞대고 있는" 일과 또 "사람이 살겠"는 세상, 그리고 "안 써지는 시"임에도 불구하고 여전히 "우리 기숙사의 불빛을 바라보는" 시선들과 "외로움에 젖은" 노랫소리를 함께 그리워하는 것인지도 모를 일입니다.

또 그 그리움에 대해서는 "서로를 바라보며" "이 밤을 헤매다" "그녀에게 다가"가는 일인지도 모르겠습니다.

그 감정은 이제 마냥 "아픈 이야기"들에만 국한되지 않고 "이 밤을 적셔줄" 또다른 사연을 꿈꾸게 됩니다.

이런 형태의 그리움을 한데 일컫는 말들로 〈네모필라〉가 존재하며, 〈못〉으로도 표현되는 감정들은 결국 〈하필〉이거나 또 아니면 〈하품〉 같은 제목들로 은연중에 나타나기도 할 테죠.

하지만 다른 시편들인 〈그대가 책이라면〉이거나 〈반지〉에서는 시인 역시 무엇인가를 (그저 순수하게, 독백조의 담담함으로써만) 꿈꾸고도 있습니다.

사랑한다 사랑한다
터질 듯한 이 맘 꼬옥 눌러 담은
손톱만 한 이 공간 속에서

그렇게 부대끼며 살아가는
너의 오늘이고 싶다, 꿈꾸는
내일이 되고 싶다

- '그대가 책이라면' 중에

그 자리가 다른 이의 몫이 된대도

한순간이나마 그대 일부였음에
그렇게 영롱하였음에
이토록 감사할 수 있는

내 이름은
사랑입니다

- '반지' 중에

이쯤 되면 〈가로등〉에서 내비친 "그 날 그 속삭임들"과 〈기타를 치는 시
간〉 속에서의 "너의 목소리를 닮은 지금"도 유사한 맥락이지 않을까로 조

심스레 추측해볼 만한 지점이겠고요.

　물론 그 '경험'들이 비단 연애에 국한된 개인적 체험만은 아닐 테지만, 드러낸 시어들이 지시한 감정들은 흡사 오랜 이별 후의 날 선 감정들처럼 애처롭고도 잠잠한 편입니다.

　　　빛나는 별들조차도 무심하다. 나는 가만히 눈을 감아서
　　　아무것도 모르고 활짝 웃고 있을 너를 몰래 가둬두려 하였다

　　　　　　　　　　　　　- '사람은 사람을 생각한다' 중에

　생각해보면 시인이 상정해놓은 그 그리움은 지극히도 처연한 것이어서 차마 이를 신파조로 풀어내진 못하고 앞의 시들처럼 삐뚤어진 말투, 과장된 제스처들 아니면 뭉뚱그려놓은 몇 마디의 말들로 치환해놓은 것일 수도 있겠다는 생각이 듭니다.

　허나 과연 모든 시들이 거짓말로만 치장될 리는 만무하기에, 조심스럽게 드러낸 시인의 '약점'들은 그저 그 순수한 감정을 여지없이 내놓고야 마는 성질인 것이기도 하고요.

　아마도 가족 또는 아이들을 염두에 둔 듯한 세 곡의 악보들이 맨 마지막을 장식하면서도 (또 앞부분과 뒷부분을 연결하는 이 장치로 인해 한 편의 거대한 '연대기'를 두드러지게 표방했음에도) 여전히 중간중간마다 드러나는 주된 심상 중 하나인 그리움의 '본질적' 요소들에 관해선 시인도 구체적으로는 입을 다문 편이기에 다소 막연한 감정 같은 생각도 더러 일었습니다.

날렵한 말솜씨와 극한을 치닫는 듯한 아슬아슬한 곡예를 보는 듯한 풍경은 이윽고 시집을 덮으면서 또 다른 무한한 '가능성'에의 초대를 받는 기분이 들게 만듭니다.

물론 그 초대가 전적으로 반가움과 기쁨으로만 점철될 일은 결코 아니지만, 그렇다고 말 몇 마디에 무심히 스쳐 지날 일 또한 아닐 것이기에 조금 더 그것들에 천착한 시인의 속마음을, 그렇게 그려낸 배경을 넌지시 묻는 일 역시 그리 어렵지만은 않겠다는 기대도 함께 품어볼 일이겠습니다.

정작 시인이 말하고자 한 '시심'은 결코 '동심'과는 거리가 먼 것인 까닭에, 그 오랜 '동심'의 항구를 간직하면서도 어떻게 '시심'이라는 미지의 섬을 향한 항해를 지속할 수 있겠는지에 대한 궁금증 역시 좀 더 많은 구체적 상징 또는 삽화들을 함께 내놓는다면 훨씬 명백해질 일이겠습니다.

'동심'과 '시심' 사이의 경계, 그 예리한 감각이 애써 드러내며 찾고자 했던 감정들은 결국 무언가를 향한 지향점이 될 것이요 어쩌면 그의 시들이 갖는 새로운 출발점도 될 것으로 믿기에 더더욱 그렇습니다. ▨

맺 는 말

나에게 세상은 코끼리였다
한 편의 시를 쓰기 위해서
까만 안경을 쓰고 지팡이를 짚으며
질끈 눈을 감은 채 열심히 떠듬거려야만 했다

매끈하고 길쭉한 무언가 앞에서, 나는
이것이야말로 상아라고, 이 놀라운 감촉과 향기와
날카로움과 이것에 찔렸던 상처에 대해서
줄창 침 튀기며 씨부려댔지만

어쩌면 그것은 길게 자란 발톱이었을 수도 있고
보다 내밀한 무언가일지도 모르고
마침 근처에 굴러가던 뼈다귀가 그냥 손에 걸린 걸 수도 있다
내 앞을 가로막은 이것은 도대체 얼마나 큰가
아직 나는 가늠조차 못하겠다

나는 이 책의 각 부마다 한 마리씩
코끼리를 풀어놓았다

그것들의 감촉은 어떻고 향기는 또 어떠한가
내 곁에서 내내 소란스럽던 그것들이
하얀 종이를 타고 거기 있는 당신에게 건너가서는
과연 어떤 말썽을 부릴지
어떤 노래를 들려줄지
혹여 자고만 있는 건 아닐지
궁금하기도 하고 걱정스럽기도 하다

이 책을 읽는 당신이
많이 웃었으면 좋겠다